www.ingramcontent.com/pod-product-compliance
Lightning Source LLC
LaVergne TN
LVHW010821051026
849532LV00007B/2594
* 9 7 8 9 3 5 8 7 2 0 1 8 1 *

آگ راکھ اور کندن

(منتخب افسانے)

بلراج ورما

© Balraj Verma

Aag Raakh aur Kundan *(Short Stories)*

by: Balraj Verma

Edition: January '2025

Publisher :

Taemeer Publications LLC (Michigan, USA / Hyderabad, India)

ISBN 978-93-5872-018-1

کتاب : **آگ راکھ اور کندن** (افسانے)

مصنف : **بلراج ورما**

صنف : فکشن

ناشر : تعمیر پبلی کیشنز (حیدرآباد، انڈیا)

سالِ اشاعت : ۲۰۲۵ء

صفحات : ۱۱۴

سرورق ڈیزائن : تعمیر ویب ڈیزائن

فہرست

سدھارتھ

(سدھارتھ — گوتم — بدھ — ایک کیفیت تین نام —)

راجہ بوڑھا تو تھا ہی۔ اِس پر اُس موذی بیماری کا شکار جو اُس کے عہد کے دھنونتریوں نے ہر اعتبار سے لا علاج قرار دے رکھی تھی۔ ایک طویل مدت تک اِس تکلیف میں مُبتلا رہنے کی وجہ سے وہ اتنا کمزور اور لاغر ہو گیا تھا کہ ہزاروں کوسوں پر پھیلی اپنی وسیع و عریض سلطنت کی باگ ڈور اپنی پُرانی آن بان اور شان سے سنبھالے رکھنا اب اُس کے لیے کسی طرح ممکن نہ رہا تھا۔

راجہ کی رانیاں جُڑواں بہنیں تھیں جن سے اُس نے ایک ساتھ ایک ہی بیدی پر بیاہ کیا تھا۔ اتفاق سے دونوں کے ہاں اولاد بھی تقریباً ایک ساتھ ہوئی۔ دو بیٹے ایک ہی ہفتہ کے اندر۔ غالباً اسی وجہ سے کُل پروہت نے ولی عہد کے چناؤ کے سلسلے میں کوئی قطعی رائے دینے سے انکار کر دیا تھا۔ وہ کسی ایک راجکمار کو ساری حکومت سونپ دینے کے حق میں نہ تھا۔

رانیاں جُڑواں بہنیں تھیں۔ اُن کے جننے کے اوقات کا وقفہ بھلے چند پلوں کا رہا ہو مگر جو دنیا میں پہلے وارد ہوئی وہ بڑی تو تھی ہی اُس کا بیاہ بھی چھوٹی سے چند لمحے پہلے ہوا تھا مگر اِس کا کیا جواب کہ چھوٹی کے شہزادے کا جنم بڑی کے راجکمار سے ہفتہ بھر پہلے ہوا تھا اور اس لحاظ سے وہ دوسری یعنی بڑی بہن کے بیٹے سے بڑا تھا۔ جوان ہو کر دونوں راجکمار ایک جیسے شوربیر اور باشعور نکلے۔ وہ اپنے اپنے حقوق کے بارے میں پُورے طور پر چوکنے تھے اور جانتے تھے کہ والد کے بعد حکومت کی

گدی کے دونوں برابر کے حقدار تھے۔ گدی بھلے ہی ایک تھی، مگر ملک تو بڑا تھا۔ ہندو دیو مالا کے سب سے اُتم اور سمجھ دار حکمران مہاراج رام چندر جی نے اپنی حکومت کو اپنے دو بیٹوں میں بانٹ کر ایک ایسی پرتھا کا بیج بو دیا تھا جس کا اثر اِتنے یُگ بیت جانے پر بھی اِس ملک میں قائم تھا۔ حالات کے پیشِ نظر محل پروہت یعنی راج گورو نے مشورہ دیا کہ ریاست کی تقسیم کر دی جائے۔ بوڑھے راجہ کو کچھ کم مگر اُس کی دونوں رانیوں کو یہ سجھاؤ بڑا پسند آیا۔ مائیں ہونے کے ناطے اپنی اولاد کے حقوق کا تحفظ دونوں کے لیے فطری تھا۔ خاصی تگ و دو کے بعد حکومت کے دوسرے مشاہیر نے بھی شاہی پروہت کی بات مان لی۔

دونوں راجکماروں کے اپنے اپنے مذہبی اور سیاسی صلاح کار تھے جن کا فائدہ اسی میں تھا کہ وطن کا بٹوارہ ہو جائے۔ وقت کے ساتھ ساتھ اِن لوگوں نے جو مذہبی پیشوا بھی تھے اور سیاسی سربراہ بھی اپنے الگ الگ پیروکار تیار کر رکھے تھے اور یہ سب کچھ اِس طرح ہوا تھا کہ عوام یعنی پرجا کے لوگ، چھوٹے بڑے، اپنے آپ دو حصّوں میں بٹ گئے تھے۔ اس دوران بوڑھا راجہ بھی بیٹوں کے اثر و رسوخ کے دائروں کی حدیں نہ صرف پہچان گیا تھا بلکہ اپنی موت سے اپجنے والی ساری سیاسی الجھنوں سے بھی پورے طور پر آگاہ ہو گیا تھا۔ ملک میں اب دو قسم کی رعایا تھی۔ دو سیاسی پارٹیاں۔ دو گروہ جن کے اپنے جھنڈے اپنے جدا جدا نام اور الگ الگ نعرے تھے۔ جہاں یہ سب ہوتا ہے۔ گروہ پھیل کر قومیں بن جاتے ہیں اور قوموں کے لیے ضروری ہو جاتا ہے کہ اپنی انفرادیت برقرار رکھنے کے لیے اپنے لیے الگ الگ دھرموں اور خداؤں کا بھی چناؤ کر لیں۔

راجہ جانتا تھا کہ قوم ایک ہو جھنڈا ایک ہو اور اس نصب العین ایک ہو تو بڑی طاقت بن جاتی ہے مگر یہ ایک ایسی طاقت ہوتی ہے جس پر کوئی فردِ واحد اپنی من مانی سے حکومت نہیں کر سکتا اور کرتا ہے تو دیر تک جما نہیں رہ سکتا۔ اس کے برعکس بٹے بکھرے لوگوں پر حکمرانی نسبتاً آسان ہوتی ہے۔ مسلح قوم اور آوارہ ہجوم کا یہ فرق ہر کامیاب حکمران نے ہر فاتح نے ہر دور میں سمجھا ہے۔

راجہ کے شاہی جھنڈے کا رنگ ہرا تھا جو نیلے اور پیلے کے ملاپ سے بنتا ہے۔ راجکماروں میں سے ایک نے نیلا اور دوسرے نے پیلا چُن کر شاہی جھنڈے

کا وقار ختم کر دیا۔ اب نیلا اور پیلا مخالف پارٹیوں کے رنگ تھے جن کی سیاست ہی نہیں خدا اور مذہب بھی الگ الگ تھے۔ بٹوارے کا اصول بھی طے نہ ہوا۔ ملک کے جس حصے میں رعایا کی اکثریت نے نیلا رنگ اپنایا تھا اور نیلے جھنڈے کے ساتھ ہو لی اور جس نے پیلے رنگ والے جھنڈے کو ترجیح دی تھی وہ پیلے جھنڈے تلے جمع ہو گئی۔

پھر ایک دن راجہ مر گیا۔ رانیاں بیوہ ہو گئیں۔ اور مہارانیوں کی بجائے اب راج ماتائیں بن گئیں۔ کچھ لوگ جو ابھی ابھی قومی یکجہتی جیسے پرانے اور فرسودہ آدرشوں سے جڑے ہوئے تھے نہ نیلوں میں شامل ہوئے نہ پیلوں میں۔ لہٰذا انھیں دونوں اطراف کے سربراہوں نے ایک دم فراموش کر دیا۔ اب اکثریت والے اقلیتوں کو اپنے دائرہ اثر در سوخ میں لانے یا ملک بدر کرنے کے منصوبے بنانے لگے۔ جو مان گئے وہ بچ گئے جو نہ مانے یا تو قتل کر دیے گئے یا ہجرت کر کے اپنوں میں جا ملے۔ وہ جو نہ نیلے تھے نہ پیلے دونوں گروہوں کے راستوں کے روڑے سمجھے جانے لگے۔ انھیں میں گوتم تھا اور اُس کا بیٹا سدھارتھ۔ بٹوارے کے روز گوتم نیلے جھنڈے والے علاقے میں تھا اور سدھارتھ پیلے جھنڈے والے علاقے میں۔

بٹوارے سے چند روز پہلے نیلوں کے مقامی صدر نے جو گوتم کا جگری دوست بلکہ لنگوٹیا رہا تھا اُسے بار بار اپنے بیٹے کے پاس چلے جانے کا مشورہ دیا تھا مگر وہ راضی نہ ہوا ـــــ اُس نے لاکھ سمجھایا کہ بٹوارے کا اعلان ہوتے ہی وہ لوگ ایک کی بجائے دو قومیں بن جائیں گے اور چونکہ اُس نے نیلے جھنڈے کی سرداری قبول نہ کی تھی اس لیے اُس کا وہاں سے چلے جانا ہی مناسب تھا۔

" مگر سبھی جانتے ہیں کہ ہم باپ بیٹے نہ نیلے ہیں نہ پیلے۔ ہمارے لیے نہ یہ علاقہ محفوظ ہے نہ وہ ـــــ ملک بھلے ہی بٹ جائے مگر دونوں اطراف کے حکمران ایک ہی خون کے چھینٹے ہیں۔ بھائی بھائی ہیں۔ اُن کا ماضی ایک ہے۔ اُن کی تہذیبی جڑیں ایک ہیں۔"

" حیرت ہے یار کہ تو اتنا پڑھا لکھا ہو کر بھی شہر کی ہر دیوار پر اتنے جلی حروف میں لکھی عبارت نہیں پڑھ سکتا۔ ہم اب نیلے یا پیلے نہیں ایک دوسرے کے مخالفین بلکہ جانی دشمن ہیں۔ تو آخر اپنے دوست کی بات کو سمجھتا کیوں نہیں؟"

" تو مجھے ڈرا کر یہاں سے بھگا دینا چاہتا ہے مگر میں جانے والا نہیں۔ یہ میری

بستی ہے۔ یہاں میرے کتنے دوست کتنے شاگرد ہیں۔ دشمن ایک نہیں۔ میں نے نہ کبھی نیلے جھنڈے کی مخالفت کی ہے نہ پیلے کی۔"

"تو ہم میں سے ایک ہوتے ہوئے بھی الگ تو ہے نا "

" میں الگ کہاں ہوں۔ میں تو تم ہی میں سے ہوں۔ میں نے بس اتنا ہی تو چاہا اور کہا ہے کہ دونوں بھائی ساری قوم سارے مُلک کو سالم رکھ کر حکومت کی باگ ڈور سنبھالیں۔ میرا مشورہ دونوں کے حق میں ہے میں دونوں کا ہتیشی ہوں۔"

" تُو اصولوں اور آدرشوں کی بات کر رہا ہے جب کہ مَیں اُس کالی آندھی کا ذکر کر رہا ہوں جو جیسے ہی چھڑے گی تُو ایک دم اُس کی زد میں آجائے گا اور کوئی بھی بچا نہ سکے گا۔"

" آندھی تو جیسے اِدھر آئے گی ویسے ہی اُدھر بھی آئے گی۔ اگر میں یہاں محفوظ نہیں تو وہاں بھی اِس سے بچ نہ سکوں گا۔ یہاں میرا میرے آبا کا گھر ہے۔ وہاں۔ اُدھر میرا کیا ہے ؟"

" اُدھر تمھارا بیٹا ہے اور اُدھر تم اجنبی ہو۔ اِدھر سبھی جانتے ہیں کہ تم کون ہو، کیا ہو، اُدھر یہ مُشکل نہ ہوگی۔ ایک بار آندھی گزر جائے پھر تم محفوظ ہی محفوظ ہو۔"

" تو تُو بھی جانتا ہے کہ جسے تُو آندھی کہہ رہا ہے وہ وقتی دُھند ہوگی جو اپنے آپ چھٹ جائے گی۔"

" دُھند اندھی ہوتی ہے۔ دُھند میں کسی کو کچھ دکھائی نہیں دیتا "

" دُھند وقتی ہوتی ہے "

" اِس لیے زیادہ خطرناک ہوتی ہے۔ جب وہ منحوس گھڑی آئے گی جس کا مجھے خدشہ ہی نہیں پُورا یقین ہے تو گلیوں، سڑکوں اور شاہراہوں پر بوکھلائی اکائیاں ہوں گی۔ بپھری غصیلی اور خونخوار اکائیاں۔ غیظ و غضب کے نعرے لگاتی لاسمت بھیڑ جس کی آمد پر خدا بھی اکثر اپنی پناہ گاہوں میں دُبک کر بیٹھ جاتا ہے "

" ہم تم اور ہمارے جیسے سینکڑوں ایسے لوگ ہیں جو اس طرح کی بھیڑ میں کبھی شامل نہ ہوں گے۔"

" تو ریاضی کا معلم ہوتے ہوئے بھی آنکڑوں کی حقیقت کو بھول رہا ہے۔ ہزاروں لاکھوں کے مقابلے میں سینکڑوں کی کیا وقعت ہوتی ہے۔"

" تُو میرا دوست ہے ۔ تیرا گھر میرا قلعہ ہے "

" قتل فصیل بند قلعوں میں بھی ہوتے ہیں بلکہ زیادہ آسانی سے ہوتے ہیں ۔ میرے گھر میں میرا چھوٹا بھائی اور تمھارا ماتحت ہے جو تیرے بے پناہ علم کو ہمیشہ ہی حسد و نفرت سے دیکھتا آیا ہے "

" اپنوں کے ہاتھوں پائی ہوئی موت ۔ موت نہیں شہادت ہوتی ہے پیارے "

" کیا بکتے ہو ۔ موت موت ہوتی ہے ۔ شہادت کوئی چیز نہیں ہوتی ۔ کوئی بھی اپنی مرضی سے کبھی شہید نہیں ہوا ۔ شہادت ایک احمقانہ لفظ ہے جو آدمی نے غیر معمولی اموات کو احترام سے یاد رکھنے کے لیے گھڑ رکھا ہے ۔ مجھے تیرا شہید ہونا قطعی منظور نہیں ۔ مجھے یہ بھی منظور نہیں کہ تُو یہاں محض اِس بھرم پر ٹھہرا رہے کہ تیرا دوست ایک معزز اور بارسوخ شہری ہے اور حکمران طبقے کا مقامی صدر —— میرا مشورہ مان میرے بھائی اور چپ چاپ اپنے بیٹے کے پاس چلا جا —— "

" اپنا وطن چھوڑ کر بدیس چلا جاؤں ! "

" اُدھر اُس پار تیرا بیٹا ہے ۔ تیری سب سے پیاری چیز ۔ تیرے پاس زندگی گزارنے کے لیے کافی سرمایہ ہے ۔ سب سے بڑا سرمایہ تو تیرا بیٹا ہے "

" تو سمجھتا کیوں نہیں ہے دوست کہ اس شہر میں میرے پُرکھوں کا گھر ہے ۔ میرا بچپن، میری جوانی، ہر پیاری یاد اِس سے جُڑی ہوئی ہے ۔ اسی کی مٹی میں میرے شفیق ماں باپ اور میری اپنی لیشو وجا دفن ہے ۔ یہ میری جڑ ہے جس سے اکھڑ کر، کٹ کر میں سوکھ جاؤں گا ۔ جو موت سے بھی بدتر ہوگا "

○

کمزور بینائی والے آدرش وادی گوتم نے دیوار پر لکھا نہ پڑھا ۔ جیسے ہی خون و غارت کا بگل بجا اور بھیڑیوں کے فلک شگاف نعرے بلند ہوئے مہینوں پہلے سے تیز کیے ہوئے ایک گنڈاسے نے گوتم کا سر قلم کر دیا ۔

قاتل نے گنڈاسا پھینک کر بھائی کے سامنے سر جھکا دیا ۔

" میں تیرا قصوروار ہوں ۔ میں نے تیرے سب سے پیارے سب سے عزیز دوست کو قتل کیا ہے ۔ تو جو سزا تجویز کرے گا مجھے منظور ہوگی ۔ اُس کی جان لینا میرا حق تھا ۔

اُس کے مال اسباب پر تیرا حق ہے"

بھائی کچھ نہیں بولا کیوں کہ وہ جانتا تھا کہ گوتم کا قتل نہیں ہوا۔ اُس نے خودکشی کی ہے۔ اُس نے موت کا یہ انداز خود چنا تھا۔ اِس قسم کی خود اختیاری کا حق کسی کو نہیں دیا جا سکتا۔ یہ خدا کی انتظامیہ میں بے جا دخل اندازی ہے خدائی سے انحراف ہے۔

پھر دونوں بھائیوں نے مل کر مرحوم کی حویلی کا سامان اکٹھا کیا جو بیچا یا خود خریدا جا سکتا تھا اُسے الگ کیا اور جو کسی دوسرے طریقے سے بھی ہٹایا نہ جا سکتا اُسے یکجا کر کے اور توڑ پھوڑ کر لکڑیوں کے ایک بڑے ڈھیر میں منتقل کر دیا گیا۔ جب یہ سب ہو چکا تو دونوں بھائیوں نے گوتم کا کٹا سر اور باقی کا دھڑ بڑے احترام سے اٹھا کر لکڑیوں کے اُس ڈھیر پر رکھ دیا۔ گھر کا سارا گھی لا کر مرحوم کے بدن اور لکڑیوں پر چھڑک دیا گیا۔

آگ دینے سے پہلے مرحوم کے دوست اُس کی بیوی اور قاتل بھائی نے سرنگوں ہو کر اُسے اپنا آخری سلام پیش کیا ـــــ

تُو بڑا دھرماتما تھا ـــــ تیرا دھرم، تیرا مذہب کیا تھا میں نے کبھی نہیں سمجھا ـــــ تیری اِس آخری یاترا میں ہمیں کیا کرنا چاہیے، کون سے منتر پڑھنے چاہئیں، میں نہیں جانتا لہٰذا اپنے ہی رب بزرگ و برتر سے دعاگو ہوں کہ وہ تیری آتما کو شانتی دے اور تو جب اور جہاں بھی پُنر جنم لے اپنے جیسا اچھا بن کر ـــــ ہمارے جیسا بُرا بن کر تو کبھی بھی نہیں کیوں کہ دوستی کا دعویٰ کرتے ہوئے بھی میں تیری حفاظت نہ کر سکا۔ ہو سکے تو مجھے معاف کر دینا میرے محترم بھائی۔

اس واقعہ کے کوئی تین چار مہینے بعد وہ ایک رات سو رہا تھا کہ اُس نے گوتم کو سامنے بیٹھے اپنی مترنم آواز اور معروف مُسکراتی مُدرا میں چہکتے دیکھا۔

ارے تم؟

تُو سمجھتا ہے میں مر گیا ہوں۔ مگر میں اتنی آسانی سے تُجھے چھوڑنے والا نہیں۔ اُس روز اپنی جلتی چتا سے اٹھ کر میں نے جہاں پناہ لی تھی وہاں تیرے بھائی کا گنڈاسا بھی نہیں پہنچ سکتا۔ وہ دنیا کی سب سے محفوظ جگہ ہے۔ ایک ماں کی کوکھ۔ میں قتل نہ کر دیا جاتا، تیرا دوست بن کر اپنے اس شہر میں رہتا بھی تو اجنبیوں کی طرح۔ اب میں یہاں شان سے رہوں گا۔ تیرا بیٹا بن کر اور میرا قاتل مجھے اپنی گود میں کھلائے گا۔

تیرے قتل کے بعد وہ جس قدر پشیمان ہوا ہے.......

میں کیا جانتا نہیں۔ کالی آندھی کے اُس تند و تیز بہاؤ نے کتنوں کے پاؤں اکھیڑ دیے تھے۔ تو اپنی جگہ پر جما رہا کیوں کہ تو تو گھاٹ کا پتھر ہے——

تو تُو نے اُسے معاف کر دیا——

میں نے بھی۔ میرے خدا نے بھی۔ سوپن اور مدہوشی کے عالم میں کیا ہوا گناہ گناہ نہیں ہوتا۔

وہ بوکھلا کر اُٹھ بیٹھا۔ گوتم کی آواز اُسے اب بھی سنائی دے رہی تھی اگرچہ بیڈ کے سامنے والی کرسی جس پر اُس نے گوتم کو ابھی ابھی بیٹھے دیکھا تھا اب خالی تھی۔

ساتھ لیٹی ہوئی بیوی کے پھُولے ہوئے پیٹ پر پیار سے ہاتھ پھیرتے ہوئے اُس نے کہا۔ چار مہینے کا ہو چلا ہے ہمارا گوتم۔

آپ کو کیسے معلوم کہ وہ گوتم ہے۔ لڑکی بھی تو ہو سکتی ہے۔

"ہونے کو تو کچھ بھی ہو سکتا ہے مگر گوتم نے کبھی جھوٹ نہیں بولا" اُس نے گوتم سے اپنی بات چیت کی کہانی سنا دی۔ تیری کوکھ میں جو پل رہا ہے وہ ایک ایسا مرد ہے جس کا بدل ہماری آج کی دنیا میں ملنا مشکل ہے۔ شادی کے پندرہ سال بعد ہمیں پہلی اولاد کا دیدار ہوگا۔ اُس نے مر کر تجھے ماں بنا دیا۔ تیری عورت کی جون کی تکمیل کر دی تیرا رتبہ تیرا وقار بلند کر دیا۔ اماں تیری خالی کوکھ کو دیکھ کر جل بھُن جایا کرتی تھی۔ تجھے دعا موکیاں کا کھُسرا کہہ کر کوسا کرتی تھی۔ آج زندہ ہوتی تو تیری بلائیں لیتی۔

ایک دن گوتم کے لیے سوئٹر بُنتے بُنتے اُس کے مُنھ سے اچانک نکل گیا۔

" دیور جی کو آج کل کیا ہو رہا ہے۔ کس طرح مارے مارے پھرتے ہیں گوتم بھیا کی حویلی کے کھنڈرات میں"

" باپ کا قاتل تھا مگر اُس کا ایک ایک پیسہ اور وہ سارے زیورات جو ہمارے پاس محفوظ تھے خود پہنچا کر آیا ہے بیٹے کو"

" سدھارتھ کو معلوم ہے کہ وہی اُس کے باپ کا قاتل ہے؟"

" جو آدمی اُس کے مرحوم باپ کی ساری پونجی اپنی جان پر کھیل کر بیٹے کو پہنچانے

اکیلا اتنی دُور گیا تھا وہ اس کے باپ کا قاتل کیوں کر ہو سکتا ہے۔ اُس نے بار بار رو رو کر سدھارتھ کو بتایا کا کسی نے اس کے باپ کی جان لی تھی مگر بیٹا کیسے مانتا۔ وہ یہی سمجھتا رہا کہ چاچا چوں کہ اُس کے باپ کی حفاظت نہ کر سکے اِسی لیے اپنے آپ کو اُس کا قاتل سمجھتے ہیں۔"

"جیسا باپ، ویسا بیٹا — کیوں جی اس قسم کے لوگ ہماری دنیا میں اتنے کم کیوں ہوتے ہیں..."

آخری جملہ وہ اکثر دہراتی۔ وہ پھر دن آگیا جس کا دونوں کو پچھلے سولہ برسوں سے انتظار تھا۔ سپنا سچا تھا۔ لڑکا کیا تھا سچ مچ کوئی فرشتہ تھا۔

گوتم یونانی دیوتاؤں کی طرح خوبرو، توانا اور پُر وقار نکلا — اٹھارہ ہی سال کی عمر میں اُس نے ریاضی میں بی اے آنرز کر لیا۔ صوبے کے فاتح طالب علموں میں اس کا نام سرِ فہرست تھا —

"میں بڑا ہو کر آئینسٹائن بنوں گا!"

آئینسٹائن کون تھا ماں نہیں جانتی تھی۔ اُسے البتہ یقین ضرور تھا کہ اُس کا غیر معمولی بیٹا جو بننا چاہتا ہے وہ یقیناً کوئی بڑی شے ہوگی۔

بٹوارے کے دنوں جیسی وبا ایک بار پھر لوٹ آئی۔ زن، زر، زمین فساد کی جڑیں مانے گئے ہیں مگر اب کے جو ہو رہا تھا وہ کوئی دنگا فساد نہ تھا۔ باقاعدہ جنگ تھی دو بھائیوں میں، دو ملکوں میں، دو مسلح فوجوں کے مابین۔ باہر کے دشمنوں کے دیے ہوئے ہتھیاروں سے اُنھیں کی غیبی سرداری میں اُنھیں کے طور طریقوں سے لڑی جانے والی جنگ۔

جہاں دیگر ہزاروں مرد عورتیں اور بچے مرے گوتم کے والد بھی دشمن کے ہوائی حملے کا شکار ہو گئے۔ ماں بیوہ ہو گئی اور گوتم یتیم —

اُس کے باپ کو دشمن کی کسی گولی نے ہلاک نہ کیا تھا نہ کسی بم سرنگ یا گرینڈ کے پھٹنے سے ہی اُن کی موت ہوئی تھی۔ اس موت کی نوعیت قطعی انوکھی تھی۔ دشمن کے کسی مسخرے ہوا باز نے چند اشتہار پھینکے تھے لوگوں کو محض یہ بتانے کے لیے کہ وہ اُن کا دشمن نہیں دوست ہے اور اُنھی کی بستی کی پاکیزہ دھرتی پر اُس کا جنم ہوا تھا۔ اُس نے اپنی بستی کے لوگوں سے اپیل کی تھی کہ وہ سب مل کر اِس بے بنیاد اور بے مطلب لڑائی کو بند کرانے

کے لیے جہاد کریں۔

کسی وجہ سے اُس ہوا باز کے اِن دوستانہ اشتہاروں کا ایک بنڈل جس میں بمشکل پانچ چھ سو اشتہار تھے کھلا نہ تھا اور سیدھا گوتم کے باپ کی بے بال چاند پر آ گرا تھا۔ چوٹ کی نوعیت اندرونی تھی اور موت کی وجہ غالباً وہ غیر معمولی جھٹکا تھا جو برقی صدمے کی طرح ان کے سارے وجود کو برہم کر گیا تھا۔

یہ ہوا باز کون تھا؟ کوئی سر پھرا گوتم؟

"یا کوئی سدھارتھ" چاچا نے وضاحت کی

گوتم اور سدھارتھ ایک ہی ہے نام ہیں ـــــ ایک کیفیت کے دو نام ـــــ ان جیسے سینکڑوں ہیں اس دنیا میں جو زندگی کے تاریک ترین گوشوں میں بھی چھوٹے چھوٹے معصوم جگنوؤں کی طرح روشنیاں پہنچاتے رہتے ہیں۔ نیک، حسین اور شفیق لوگ۔ رحم و دردمندی کے سرچشمے۔ سخی، مقدس، ضیا بار فرشتے جو انسانیت کا درس دینے کے لیے ہی اِس نشتر دنیا میں بار بار جنم لیتے ہیں۔

کچھ بھی ہو اس حرام زادے نے ہماری دُنیا اُجاڑی ہے میرے بھائی کو ہلاک کیا ہے میں اُس کی شناخت کراؤں گا تاکہ اُسے اس کی حکومت سے مناسب سزا دلوا سکوں۔

یہ اپنے ملک سے غداری اور غیر سے بیجا ہمدردی کا یعنی کورٹ مارشل کا کیس ہے۔

"تم ایک شریف زادے کو حرام زادہ کہہ رہے ہو چاچا۔ تم نے باپ کا قتل کیا تھا تو برسوں پریشان رہے تھے۔ اب بیٹے کو سزا دلوا کر اپنی باقی ماندہ زندگی بھی حرام کرنا چاہتے ہو"

"تو تم مانتے ہو کہ یہ کام سدھارتھ ہی کا تھا"

"کوئی سدھارتھ کوئی گوتم۔ وہ جو کوئی بھی ہے ایک دردمند اور انسان دوست آتما ہے تمہیں اس کے ساتھ وہی سلوک رکھنا چاہتے ہو جو ہر عہد میں مہذب لوگ اپنے دیوں اور پیغمبروں سے کرتے آئے ہیں۔"

گوتم نے ملک کی سب سے اہم اور اُونچی ملازمت سے استعفیٰ دے دیا اور ایک مقامی کالج میں ریاضی کے معمولی لیکچرار کی حیثیت سے ملازمت کر لی۔

"میرا مستقبل ریاضی میں ہے۔ یہ میرے خون میں ہے۔ یہ میری وراثت ہے۔ ہندسوں کے اِسی فلسفہ میں زندگی اور موت کا راز چھپا ہے۔"

"زندگی کے بارے میں تو تم ہی جانو مگر اِس میں قطعی کوئی شک نہیں کہ موت کا راز تمھارا ریاضی خوب جانتا ہے۔ تمھارے ہی جیسے ایک سر پھرے ماہر ریاضیات نے ذرے کی تقسیم کا فارمولا پیش کر کے پرمانو کی اختراع کی تھی اور ساری گوری تہذیب کو بازار میں ننگا نچوا دیا تھا۔"

پرمانو ایک عظیم شکتی ہے چاچا۔ آپ خود ریاضی کے معلم ہیں اور جانتے ہیں کہ اس ناقابلِ مغلوب طاقت کا واجب استعمال بنی نوع انسان کی عاقبت بھی سدھار سکتا ہے اور اِسے نیست و نابود بھی کر سکتا ہے۔ زندگی کا رنگ روپ سنوارنے سجانے کے لیے ہی مہاتما آئینسٹائن نے اس عظیم شکتی کو کھوجا اور دریافت کیا تھا۔ یہ جنگ جو ہم نے ابھی ابھی لڑی ہے کوئی جنگ تھوڑے ہی تھی۔ جنگیں کیا اس طرح اتنی جلدی ہار جیت کے بغیر ہی ختم ہو جایا کرتی ہیں۔ یہ تو ایک طرح کا بڑی ہی گھٹیا قسم کا فساد تھا ایک ہی باپ کے دو نااہل بیٹوں کے مابین۔ لڑنے والے سارے کے سارے فسادی تھے۔ سپاہی نہیں تھے۔ آدمیت کی جنگیں تو رامائن مہابھارت اور میدانِ کربلا میں لڑی گئی تھیں جہاں سر کٹوا کر بھی بہادروں کی تلواریں چلتی رہی تھیں۔ جنگیں دِل کی توانائی رُوح کے حوصلے اور بدن کی قوت سے بڑے آدرشوں کے تحفظ کے لیے لڑی جاتی ہیں آسمانوں سے نہتے شہریوں پر قہر کی بارشیں برسا کر نہیں۔ آپ نے کبھی شوخ و شریر بچوں کو محض تفریحاً مکھیاں یا کیڑے مکوڑے مارتے دیکھا ہے۔ اپنے زعم میں آسمانوں سے موت کی بجلیاں گرا کر اور بھولے معصوم بچوں اور عورتوں کو ہلاک کر کے حظ اٹھانے والے سپاہی ایسے ناسمجھ بچوں جیسے ہی ہوتے ہیں۔ عہدِ قدیم میں یونان و مصر و روما کے حکمران نہتے انسانوں کو بھوکے اور خونخوار جانوروں سے لڑا کر اپنی محبوباؤں کی دلجوئی اور تفریحِ طبع کا اہتمام کیا کرتے تھے۔ ہماری جنگ بھی کچھ اسی تماشں کا کارنیوال تھی۔ کسی قسم کی بہادری کا مقابلہ نہ تھی۔ ہماری مقبولِ عام کرکٹ کی طرح جہاں ہار جیت کا فیصلہ مقدر کرتا ہے۔ جو لڑائی بچوں اور عورتوں کے خلاف لڑی جاتی ہے۔ وہ جنگ نہیں ہوتی کیونکہ بیچاری بے سہارا عورتیں اور معصوم بچے کبھی کوئی جنگ نہیں جیت سکتے۔ آج کی کوئی جنگ اصولوں اور آدرشوں کے تحفظ کے لیے نہیں لڑی جاتی نہ قومی وقار بڑھانے کے لیے ہی لڑی جاتی ہے۔ محض چند جھوٹی اور بے معرف سیاسی مصلحتوں کی بنا پر اور اپنے شہریوں پر اپنا تسلط برقرار رکھنے کی غرض سے لڑی جاتی ہے۔ میں ریاضی کے آنکڑوں سے بنی نوع انسان کو سمجھاؤں گا کہ ہر جنگ ایک بے معنی استعارہ ہے لاکھوں

کڑوروں روپے آدمی کی زندگی بنانے سنوارنے کے لیے نہیں انھیں ہلاک زخمی اور اپاہج بنانے پر خرچ کر دیے جاتے ہیں۔ یہ ایک وحشی کھیل ہے جو پہلے بھی کئی بار کھیلا جا چکا ہے۔ اس میں سپاہی کم اور شہری زیادہ تعداد میں مرتے ہیں۔ اس وحشیانہ جاہلیت و بربریت نے کتنی بار کتنی قدیم اور بلند بالا تہذیبوں کو مسمار کیا ہے۔۔۔ میں ۔۔۔ میں ۔۔۔ میں "

گوتم کے چاچا نے بیٹے کی عجیب و غریب باتوں سے بوکھلائی اپنی بیوہ بھاوج کی طرف حسرت سے دیکھا جیسے کہہ رہا ہو۔

" تمھارا یہ بیٹا تمھارے مرحوم شوہر کے دوست کی طرح آج اُسی مالیخولیا کا شکار ہے جو اُس پر ملک کے راج پاٹھ کی تقسیم کے دنوں طاری تھا اور جس کی وجہ سے وہ اپنا ذہنی توازن کھو بیٹھا تھا ۔۔۔"

پھر اس نے کھل کر اپنی بھاوج کو تسلی دیتے ہوئے کہا۔ آپ حوصلہ نہ ہاریے بھابھی جان۔ یہ پیروں پیغمبروں اور ولیوں کا نہیں عام آدمیوں۔ معمولی آدمیوں کا زمانہ ہے۔ آپ ہمت رکھیے۔ اُوپر والا چاہے گا تو سب اپنے آپ ٹھیک ہو جائے گا۔ کوئی بھی جذبہ چاہے کتنا گہرا ہو ہمیشہ ایک سی شدّت سے برقرار نہیں رکھا جا سکتا ۔۔۔

" یہ کیا ہو رہا ہے بھائی جان۔ یہ لڑکا کون سی زبان بول رہا ہے "

" یہ جو کچھ ہے اور جو کہہ رہا ہے اس کے لیے تمھارا مرحوم شوہر ہی نہیں بلکہ ہم سب برابر کے ذمّہ دار ہیں۔ ہم نے اس کا نام گوتم رکھا تھا جو کسی فردِ واحد کا نہیں ایک کیفیت کا نام ہے۔ تم نے اُس بار کے سدھارتھ کی حرکت دیکھی ہے۔ سدھارتھ بھی کسی فردِ واحد کا نہیں ایک کیفیت کا نام ہے اور آپ جانو ہر کیفیت کی ایک عمر ہوتی ہے۔ اِس کا یہ مسیحائی درس اور یہ وجدانی کیفیت ایک اُبال ہے۔ ایک جھاگ "

" مجھے تو یہ سمندر کی کبھی نہ ختم ہونے والی جھاگ لگے ہے بھیّا "

سب ٹھیک ہو جائے گا بھابھی جان۔ میں نے کہا نہ کہ یہ پیروں پیغمبروں اور ولیوں کا نہیں معمولی بے حد معمولی آدمی کا زمانہ ہے اور تمھارا بیٹا بھی گوتم بدھ نہیں صرف مسٹر گوتم ہے اور وہ [illegible] والا سدھارتھ بھی مہاتما بدھ نہیں ہوا بازِ سدھارتھ ہے۔ دونوں اِسی دور کے دو آدمی ہیں۔ معمولی آدمی۔

یہ عجیب بات ہے کہ تمہارے اپنے دِل کی بات یا تمہارے ذہن میں پنپتی ہوئی کوئی ایسی اُلجھن جس کے اعتراف یا کھلم کھلا اظہار سے تمہیں گریز ہو کوئی دوسرا بلا جھجھک یا شرارتاً بھی کہہ دے تو تم ایک دم بوکھلا اُٹھتے ہو اور اقرار کے بجائے بلاوجہ انکار کرنے لگتے ہو اور وہ بھی کچھ ایسی گرم جوشی سے کہ دوسرا تو حیران ہوتا ہی ہے. تم خود بھی بے اطمینانی کا شکار ہونے لگتے ہو۔

شنکر سنگھ مسکرا رہا تھا۔ "دیکھتا ہوں پال صاحب، آپ کو یہ جگہ کچھ زیادہ ہی بھا گئی ہے۔"

جوگندر کو وہ جگہ واقعی پسند تھی، مگر اقرار کے بجائے اُس نے سر ہلا دیا "نہیں برادر ایسی کوئی خاص بات نہیں. پھر قدرے جھجھک کر بولا "ویسے جگہ خاصی معقول ہے اور سستی بھی ۔ چھت سے سمندر کا نظارہ تو ظاہر ہے کہ بھلا لگتا ہی ہے یہاں کے پنیر اور بینگن آلو کے پکوڑے بھی مجھے بہت اچھے لگتے ہیں ۔ اچھی کافی تو تامل ناڈو کا ہر باورچی بنانا جانتا ہے. مگر اس قسم کے پکوڑے اِدھر نایاب نہیں تو کم یاب ضرور ہوں گے ۔ ہوسکتا ہے یہ اشیا کسی دوسری جگہ بھی اسی طرح بنتی ہوں ۔ اور شاید نسبتاً بڑھیا بھی بنتی ہوں، مگر مجھے اس کا علم نہیں

میں اس شہر میں اجنبی ہوں، تم لوگ مجھے چار پانچ بجے سے پہلے کبھی نہیں چھوڑتے۔ صبح آٹھ سے شام پانچ بجے تک مسلسل بولتے رہنے کے بعد ذہن تو تھکتا ہی ہے، زبان بے چاری بھی خشک ہونے لگتی ہے۔ گرم پانی سے غسل کرکے ذرا سستا کر ادھر آ نکلتا ہوں۔ بندرگاہ میں کھڑے جہازوں کا منظر مجھے بہت اچھا لگتا ہے۔ براڈوے Broadway ہوٹل بطور عارضی رہائش خاصی آرام دہ جگہ ہے، مگر وہاں سے نہ سمندر دکھائی دیتا ہے اور نہ وہاں اس قسم کی چیزیں ہی کھانے کو ملتی ہیں۔ کیپٹنز کیبن Captains Cabin مجھے پسند ہے۔ یہ آٹھ دس ہفتے مزے سے گزر جائیں گے۔

شنکر سنگھ مسکرایا۔ "لیجیے آپ کی کافی آگئی اور کیبن کی مالکن بھی جو کافی سے بھی زیادہ دلچسپ ہیں۔"

یوں پکڑا جانا جوگندر پال کو اچھا نہ لگا۔ مگر اسے اعتراف کرنا ہی پڑا کہ اِس نامانوس ساحلی علاقے کی سب سے دلچسپ شے یہ محترمہ ہی ہیں۔

شنکر سنگھ نے بتایا کہ سی سی کی مالکن ایک جہازی کی بیوہ ہیں اور پورے پانچ سال اپنے شوہر کے ہمراہ دنیا کی مختلف بندرگاہوں میں گھومی پھری ہیں۔ ظاہر ہے کہ کیپٹن ایلبرٹ خاصا زندہ دل اور دلچسپ آدمی تھا۔ براڈوے کے سامنے اینڈرڈنش کی ساتویں منزل پر اِن کا تین بیڈروم کا فلیٹ ہے۔ جہاں وہ اپنے بیٹے اوناسس کے ساتھ رہتی ہیں۔ بہت کم گو ہیں۔ البتہ جب کوئی پرانا شناسا جہازی اِس بندرگاہ پر رکتا ہے تو اس کی صحبت میں وقت خاصی زندہ دلی سے گزارتی ہیں۔ جہازیوں کے علاوہ دوسرے کسی مرد سے بات نہیں کرتیں۔ سی سی کا مینیجر جیمز کسی زمانے میں اُن کے شوہر کے ساتھ بطور چیف سٹوارٹ سیل کیا کرتا تھا۔ بڑا اچھا آدمی ہے۔ مالکہ کا بڑا احترام کرتا ہے۔ کوئی کتنا ہی بڑا گاہک ہو، کیا مجال ہے، جو اُسے کبھی بھولے سے بھی مغربی کونے والی سیٹ، جو مستقل طور پر مسز ایلبرٹ کے لیے ریزرو رہتی ہے، آفر کرے۔

پال صاحب بولے۔ میں نے انھیں ایک دو بار کافی پیتے تو دیکھا ہے، مگر کچھ کھاتے کبھی نہیں دیکھا۔ بس بیٹھی بیٹھی دس بیس سگریٹ پھونک کر چلی جاتی ہیں۔ جیسے ہی اوپر آتی ہیں، جیمز بڑے تپاک سے گڈ ایوننگ کہتا ہے اور گولڈ فلیک کی ایک نئی ڈبیا اور جہاز مارکہ ماچس اُن کی میز پر رکھ کر چلا جاتا ہے۔ میں نے بھی محترمہ کے لبوں سے کبھی کوئی کلمہ نہیں سنا۔ ماسوائے ایک خفیف سی زیر لب مسکراہٹ کے انھوں نے بے چارے جیمز کی گڈ ایوننگ کا بھی کبھی جواب

نہیں دیا۔ مگر جیمز مطمئن ہے۔ گویا یہی اس کے لیے بہت ہے وہ ان کی کافی رکھنے بھی خود آتا ہے کسی بیرے کے ہاتھ کبھی نہیں بھجواتا۔ وہ کافی کے ایک دو سپ کبھی لے لیتی ہیں۔ مگر اکثر پیالہ ویسے ہی پڑا رہنے دیتی ہیں۔

"کیا عورت ہے" شنکر سنگھ مسکرایا۔ "لفظ کے اصلی معنوں میں حسین۔ جوانی کے اولین دور میں تو ظاہر ہے کہ ایک دم قاتلہ رہی ہوں گی۔"

پال صاحب نے مسز ایلبرٹ کے لباس کی طرف اشارہ کرتے ہوئے پوچھا "آپ نے کبھی غور کیا ہے سنگھ صاحب کہ یہ ہمیشہ کالے لباس میں ہی ملبوس رہتی ہیں۔ کبھی کالی اسکرٹ بلاؤز میں تو کبھی کالی ساڑی میں۔ میں انہیں دس دن سے بدستور اسی ایک رنگ کے لباس میں دیکھ رہا ہوں۔"

شنکر سنگھ مسکرایا۔ اس ماتمی ملبوس میں بھی وہ کرسچیں ڈرایر کے کسی بڑے ماڈل ایسی من موہک لگتی ہیں۔"

جوگندر پال جیسے خود اپنے آپ سے ہم کلام ہوں۔ دھیرے سے بولے۔ "وہ ہر روز اپنی منتخب کرسی پر بیٹھی بندرگاہ میں کھڑے جہازوں کو رات پڑنے تک ایک ٹک دیکھتی رہتی ہیں شام کا گزارنا میری سمجھ میں آ رہا ہے، مگر وہ دن بھر کیا کیا کرتی ہیں۔ یہ جاننے کا اشتیاق دن بدن بڑھتا جا رہا ہے۔ مگر ظاہر ہے کہ اس قسم کی جان کاری کسی طرح ممکن دکھائی نہیں دیتی" یہ

وہ اتوار کا دن تھا۔ یعنی روزمرہ سے چھٹی کا دن۔ ہر چھٹی کے دن کی طرح آج بھی فرم کے منتظمین نے اس کی سیر و تفریح کے لیے سٹاف کار بھجوادی تھی۔ آج کا دن اس نے میرینا بیچ پر گزارنے کا طے کیا — درجن بھر سینڈوچز، کرافٹ پنیر کا ایک بڑا پیکیٹ کچھ موسمی پھل اور لبالب بھری تھرموس میں عمدہ کافی ڈلوا کر وہ چل دیا۔ یہ سب اہتمام بھی کمپنی کی طرف سے تھا۔ اپنی کنسلٹینسی [illegible] کے دس سالوں میں اس قسم کا اہتمام اس کے تجربہ میں نہ آیا تھا۔ یہ مدراسی خود تو کام کرتے ہی ہیں؛ کام لینا بھی جانتے ہیں۔

بیچ خوب صورت تھا، صاف شفاف تھا، مگر رونق کہیں نہ تھی۔ چند یورپی مرد عورتوں اور ناریل کا پانی فروخت کرنے والوں کے علاوہ کوئی چہرہ دکھائی نہ دیتا تھا۔ حیرت تھی کہ اس شہر کے لوگوں میں خوب صورتی کی حس اس قدر کم تھی۔ اس قسم کے بیچ شمال میں ہوتے تو لوگوں کے میلے لگ جاتے۔ وہ ابھی یہی سوچ ہی رہا تھا کہ پانچ چھ سالہ بچے کو ہاتھ پھیلائے اپنی طرف آتے

دیکھا۔ بچہ اکیلا تھا اور بڑی تیزی سے بھاگا آ رہا تھا۔ پال کے پاس آتے ہی اس کی ٹانگوں سے چمٹ کر انکل انکل پکارنے لگا۔ بڑا ہی پیارا گول مٹول بچہ تھا۔ پال نے اسے اُٹھا کر چھاتی سے چمٹا لیا۔

"تمہارا نام کیا ہے۔ بے بی؟"

"ہم بے بی نہیں۔ اونا ہیں۔ بے بی گندی ہے ہم اچھے ہیں۔ ہم اچھے ہیں نہ انکل؟"

"تم بہت اچھے ہو۔ مگر بے بی کہاں ہے؟"

"بے بی سو رہی ہے۔ ہم دن کو کبھی نہیں سوتے۔ ہم اچھے ہیں۔ ہم اچھے ہیں نہ انکل؟"

"تم بہت اچھے ہو تمہارے پاپا کہاں ہیں؟"

"پاپا سی کیپٹن ہیں۔ پانی میں رہتے ہیں۔ ہمارے پاس کبھی نہیں آتے بڑے گندے ہیں۔ پاپا گندے ہیں نہ انکل۔ ہم اچھے ہیں۔ بہت اچھے ہیں۔ ہم پانی میں کبھی نہیں جاتے۔"

"ارے بھئی آپ تو بہت ہی اچھے ہو اونا جی؟"

"اونا جی نہیں، اونا سسں۔ ہمارا نام ممی نے رکھا ہے ممی بہت اچھی ہے۔ وہ دیکھو وہ ننگی عورت جو گیلی ریت پر لیٹی ہوئی ہے، وہی ہماری ممی ہے۔ آپ اچھے ہیں۔ جمی انکل بھی اچھے ہیں۔ جمی انکل بہت اچھے ہیں، مگر آپ ہمارے گھر کیوں نہیں آتے؟"

"ہم ضرور آئیں گے۔ تم بلاؤ گے تو ہم ضرور آئیں گے۔"

"جمی انکل ممی سے ڈرتے ہیں۔ ممی ہر روز ہمیں جمی انکل کے ساتھ گھومنے بھیج دیتی ہے۔ مگر جمی انکل کو گھر کبھی نہیں بلاتی۔ ممی سے سب ڈرتے ہیں۔ ممی کے پاس پستول ہے۔ پستول سے مر جاتے ہیں نا انکل۔ مجھے بھی ممی سے بہت ڈر لگتا ہے۔"

"اونا" کسی نے پیچھے سے پکارا۔

بچہ جمی انکل جمی انکل چلاتا ہوا پال کی گود سے پھسل کر بھاگ گیا۔ اس نے دیکھا بچہ جیمز سے نہ صرف مانوس ہے بلکہ بے حد پیار کرتا ہے۔

"تم انکل کے کپڑے خراب کر دو گے گندے بچے" یہ مسز ایلبرٹ تھیں۔ بیکنی میں ملبوس مگر جسم کو ہاؤس کوٹ سے ڈھانپے اور سینڈل ہاتھ میں لیے نہ جانے وہ کب پال کے اتنے قریب آ کھڑی ہوئی تھیں۔

"او نا بڑا پیارا بچہ ہے۔" "اوناسس اس کا نام اوناسس ہے۔" محترمہ نے بتایا۔ یہ پہلا موقع تھا جب پال نے ان کی آواز سنی۔

آواز میں نرمی تھی، نغمگی تھی اور تھا ایک عجیب قسم کا حاکمانہ وقار۔ جیمز کی طرف مخاطب ہو کر محترمہ نے پوچھا۔ "کار کا کیا ہوا؟"

"شام کا وعدہ ہے میم صاحبہ۔ آپ کو جلدی ہو تو ٹیکسی لے آؤں۔"

پال کے منہ سے بے ساختہ نکل گیا "ہمارے پاس گاڑی ہے۔ ہم آپ کو گھر چھوڑ دیں گے۔"

"کیا آپ یہیں تک آئے تھے؟"

"جی نہیں گھومنے نکلا تھا۔ کسی خاص جگہ جانے کا پروگرام نہیں تھا۔ بس آوارگی۔ سوچا تھا اس بڑے شہر کے گرد و نواح کو دیکھا جائے۔ میں یہاں قطعی اجنبی ہوں۔"

"آپ کو زحمت نہ ہو تو ہمیں بازار تک چھوڑ دیں۔"

جیمز اور اوناسس آگے ڈرائیور کے ساتھ اور وہ دونوں پیچھے بیٹھ گئے۔

"آپ جی۔ آر۔ کے میں ملازم ہیں۔"

"جی، میں ان کا کنسلٹنٹ ہوں۔ ان کی فیکٹری میں ہماری مشین انسٹال کی جا رہی ہے ہفتہ بھر چھ دن مصروف رہتا ہوں اور اتوار کو وہ لوگ میری تفریح کے لیے اسٹاف کار بھجوا دیتے ہیں۔"

"آپ ہوٹل براڈوے میں ٹھہرے ہیں نا؟"

"جی ہاں، ساتویں منزل کے کمرہ نمبر میں۔ آپ کے فلیٹ کے بالکل سامنے۔"

"تو گویا ہم دونوں ہی ایک دوسرے کو جانتے ہیں۔"

"جی ہاں کچھ کچھ۔"

"اوہو"، محترمہ مسکرائیں۔ بڑی کھلتی ہوئی مسکراہٹ تھی۔

آپ کھانا کہاں کھاتے ہیں۔ جہاں تک میرا ناک ہے۔ براڈوے ہوٹل میں لنچ

ڈنر کا کوئی اِنتظام نہیں ہے۔"

مجھے یہ انتظام پسند ہے۔میں رات کو کھانا نہیں لیتا۔آپ کے سی سی میں ضرورت کے مطابق شام کو کچھ لے لیتا ہوں۔ دوپہر کا کھانا فیکٹری میں کھاتا ہوں۔ خاصا اچھا کھانا ہوتا ہے وہاں۔"

"جانتی ہوں جی، آر، کے بہت اچھی پارٹی ہے۔" پھر کچھ رک کر بولیں "آپ کھانے کے معاملے میں خاصے محتاط ہیں۔ جبھی اپنے جسم کو اِس قدر سنبھالے ہوئے ہیں۔"

بال مسکرایا۔" ہم کوئی ایسے ادھیڑ عمر بھی نہیں ہیں۔"

"چالیس سال کا آدمی بھرپور جوان ہوتا ہے۔ نظرِ بد دُور۔ دیکھنے میں تو آپ مجھ سے بھی کم عمر لگتے ہیں۔"

آپ نے میری عمر کا اندازہ بالکل ٹھیک لگایا ہے۔ مگر آپ تو ماشاءاللہ بہ مشکل پچیس چھبیس کی ہوں گی۔"

"عورت کی عمر کا تخمینہ نہیں لگایا کرتے۔ ویسے میں آج کے دن پورے ستائیس سال کی ہوگئی ہوں۔"

جیمز نے پیچھے مڑ کر دیکھا۔" آج ڈیڈی کا جنم دِن ہے۔ آج کے دِن ڈیڈی دِن بھر گھوما کرتی ہیں۔ مگر کم بخت کار کو آج ہی خراب ہونا تھا۔"

"میں گاڑی کے پیچھے بیٹھ کر گھومنے کو گھومنا نہیں کہتی ایسا لگتا ہے جیسے کوئی دوسرا اپنی مرضی سے پہلے ہی طے شدہ راستوں پر آپ کو گھما رہا ہے۔"

ڈرائیور نے انڈین کافی بورڈ کے مقامی کافی ہاؤس کے سامنے گاڑی روک دی۔

گاڑی رک گئی تو جیمز بولا۔" بابا سوگیا ہے آج بہت اودھم مچایا ہے اس نے بہت تھک گیا لگتا ہے۔ آپ کہیں تو اسے گھر لے جاؤں۔

"لے جانا بھائی، مگر ایک پیالہ کافی تو پلوا دو۔ میں اِس لباس میں اندر تو نہیں جا سکتی۔ جیمز اور ڈرائیور جا کر کافی لے آئے تو ڈرائیور نے بڑی ہی عاجزی اور انکساری سے تجویز پیش کی۔" میم صاحب خود گاڑی چلانا پسند کریں تو میں اپنے ایک نجی کام سے نپٹ لوں۔ شام کو ہوٹل پہنچ جاؤں گا۔"

ظاہر ہے کہ ڈرائیور کی اِس درخواست کا سجھاؤ اسے جیمز ہی سے ملا تھا۔ محترمہ نے

کوئی اعتراض نہیں اٹھایا۔ جیمز نے قریب سے گذرتی ہوئی ایک ٹیکسی کو روکا بابا اور ڈرائیور کو لے کر بغیر مزید وضاحت کے چل دیا۔

دونوں اپنے اپنے خیالات میں گم تھے۔ اور گاڑی چل رہی تھی۔ بیچ بیچ میں کوئی خاص جگہ آجاتی تو محترمہ پال کو بتا دیتیں، مگر بغیر کسی قسم کی گرم جوشی کے جیسے کوئی کہنہ مشق ریڈیو اناونسر خبریں سناتا ہے اور بڑے سے بڑے حادثے کا ذکر بھی ایسے کر جاتا ہے جیسے عام خبروں کی طرح وہ بھی محض ایک خبر ہو۔

پال کھلکھلا کر ہنس پڑا۔

"کچھ یاد آیا؟"

"جی ہاں کلارک۔"

"کلارک؟ آپ کلارک کو جانتے ہیں؟"

"دیکھا نہیں سُنا ہے۔"

"کلارک گاتا بھی ہے؟" "میں تو اُسے ایک کیبرے ڈانسر کے طور پر جانتی ہوں۔ آج کل مقامی فلمی اسٹوڈیوز میں بھی اُس کی بہت مانگ ہے۔ فلموں میں کیبرے ڈانس کمپوز کرنا، کلب میں چند لوگوں کے سامنے ناچنے سے کہیں بہتر ہے۔ کبھی وہ ایلبرٹ یعنی میرے شوہر کا ماتحت ہوا کرتا تھا۔ ڈانس کے شوق نے اُسے پروفیشنل بنا دیا ہے۔ آج کل بہت کماتا ہے۔"

"میں بی بی سی والے کلارک کی بات کر رہا تھا، جو دُنیا کے بڑے سے بڑے حادثے کا ذکر بھی ایسے کر جاتا ہے جیسے روز مرّہ ایسی بات ہو۔ آپ بھی ادھر کی بڑی سے بڑی عمارت کا نام ایسے لیتی ہیں جیسے وہ براڈوے یا اندر دھنش جیسی کوئی معمولی عمارت ہو۔"

"آپ براڈوے اور اندر دھنش کو معمولی عمارتیں سمجھتے ہیں؟"

"ایسی ہزاروں عمارتیں شہر کے گلی کوچوں میں پھیلی ہوئی ہیں۔"

"رہوں گی۔ جو خاص چیز ان دو عمارتوں میں ہے، دوسری کسی عمارت کو کہاں نصیب ہوگی۔"

"مجھے تو کوئی خاص بات دکھائی نہیں دی۔"

وہ مسکرائی۔ "آپ اور ہم کیا خاص چیز بھی نہیں۔ ایک میں میرا فلیٹ ہے اور دوسری میں آپ کا قیام۔ عارضی سہی، مگر ہے تو۔ سنگ و آہن کے یہ سارے مجسمے بے جان و بے حس

ہیں۔ جب کہ براڈوے کا اپنا ایک کردار ہے۔ میرا گمان ہے کہ براڈوے اندر دھنش اور موسیٰ کے علاوہ اِس شہر کے کسی مندر مسجد یا کلیسا کا اپنا کوئی کردار نہیں۔ خدا کے یہ گھر ہمارے احترام کی چیزیں ہیں۔ ممکن ہے خدا کو اپنے نام پر بنی اِن عمارتوں سے خاص اُنس ہو مگر خدا تو ہر جگہ موجود ہے نا ہے نا!

پال چپ رہا۔ وہ اور سننا چاہتا تھا۔ وہ کھُل رہی تھی۔ یہ اُسے بڑا اچھا لگ رہا تھا۔ تھوڑی دیر دونوں چپ رہے پھر محترمہ نے کہا۔ میرے مرحوم شوہر کا نام بھی کلارک تھا ایلبرٹ کلارک ـــــ میں اپنے آپ کو مسز کلارک نہیں لکھتی۔ مسز ایلبرٹ لکھتی ہوں۔"

"کلارک تو آپ کے شوہر کا ماتحت تھا؟"

"ہاں تو۔ آپ بڑے ذہین ہیں بڑی تیزی سے سوچتے ہیں۔"

"آپ کو دیکھ کر کوئی بھی۔ جی جان اپنے سوچنے کی قوت کھو سکتا ہے۔"

"میں بہت خوب صورت ہوں نا۔"

"میں یہ نہیں کہوں گا خوب صورتی بھی ایک چیز ہے۔ مگر سب سے بڑی چیز کردار ہے آپ ایک کردار ہیں۔ ویسے مجھے اعتراف ہے کہ میرے مُلاقاتیوں کے دائرے میں بہ اعتبار حُسن بھی آپ سرِفہرست ہیں۔"

"آپ مجھے بِگاڑ رہے ہیں۔"

"میں بلاوجہ جھوٹ نہیں بولا کرتا۔"

"ہر مرد خوب صورت عورتوں کی موجودگی میں خوب صورت جھوٹ بولنا اپنا حق سمجھتا ہے۔ مگر یہ کیا۔ اِتنی باتیں ہوگئیں ہمارے درمیان اور میں نے ابھی تک آپ کا نام بھی نہیں پوچھا۔"

"یہ انفرمیشن غیر ضروری ہے۔ بہر حال خاکسار کو جوگندر پال کہتے ہیں۔"

"آپ کب تک یہاں رہیں گے۔"

"جب تک ضروری ہوگا۔ ویسے فی الحال دس ہی دن کا پروگرام ہے۔ میرا خیال ہے۔ اِتنے دنوں میں جی۔ آر۔ کے والوں کی نئی فیکٹری انسٹال ہو جائے گی۔ کام بڑی تیزی سے ہو رہا ہے۔"

"جی۔ آر۔ کے کے مستقبل کے بارے میں آپ کا کیا خیال ہے۔"

"وہ اپنے فیلڈ میں یہاں سب سے آگے ہے۔ نئی مشین لگ جانے کے بعد تو نمبر ون پر آجائیں گے۔"

"تب تو ٹھیک ہے۔ میں نے پورا ایک لاکھ ان کی فیکٹری میں انویسٹ کر رکھا ہے۔"

"تب تو مجھے اپنے کام کو اور بھی تیزی سے کرنا چاہیئے۔"

"آپ اتنے عرصہ کے لیے ادھر آئے ہیں۔ اپنی فیملی کو ساتھ نہیں۔"

"ماں بوڑھی ہے اور چھوٹے بہن بھائی ابھی طالب علم ہیں۔"

"بیوی بچے؟"

"میں نے شادی نہیں کی۔"

"حیرت ہے۔"

"اس میں حیرت کی کیا بات ہے؟"

"آپ جیسی شخصیت۔ صحت اور رتبہ۔ ۔ ۔"

"آپ نے عمر شامل نہیں کی۔ چالیس سال جوانی کا بڑھاپا اور بڑھاپے کی جوانی ہوتی ہے۔ آدمی کو وقت پر شادی کر لینی چاہیے جو میں نے نہیں کی۔ اب ظاہر ہے کہ۔"

"کیا ظاہر ہے؟"

"کون دے گا اپنی لڑکی میری عمر کے آدمی کو۔ جب وقت تھا تو میں نے ایک غلط قسم کی عورت کو پسند کر لیا تھا۔ وہ نہیں ملی تو سمجھوتہ نہیں کیا۔ جو اکثر لوگ کر لیتے ہیں۔"

"آپ کی پسند غلط نہیں ہو سکتی۔ مگر حیرت ہے کہ زندگی کی اتنی طویل راہ میں آپ کو دوسری کوئی نہیں ملی۔ ۔ ۔ ۔ ۔ ۔

۔ ۔ ۔ میرا اپنا خیال ہے کہ کوئی عورت آپ کو ناپسند نہیں کر سکتی۔"

"اگر میں آپ سے شادی کی درخواست کروں؟"

"میری بات اور ہے۔ میں بیوہ ہوں اور اپنی بیوگی کی ذمہ دار بھی۔ کلارک نے ہمارے یعنی میرے اور راونا سس کے لیے جو کیا تھا، اُس کے پیش نظر میرے لیے کسی دوسرے سے بیاہ رچانا کفر ہو گا۔"

"میں آپ کا مطلب نہیں سمجھا۔"

"یہ ایک لمبی کہانی ہے جو پھر کبھی سناؤں گی۔"

"آپ اپنے کالے لباس میں کسی کیتھولک کانوینٹ کی جوگن سی لگتی ہیں"

"میں جوگن نہیں ہوں۔ میں نے بیوگی کا لبادہ ضرور پہنا ہے۔ مگر کلارک میری زندگی میں نہ پہلا آدمی تھا نہ آخری"

"آپ بڑی بے باک اور نڈر ہیں"

"میں بہادر نہیں تو بزدل بھی نہیں ہوں۔ میں نے اپنی زندگی اپنی ڈھنگ سے جی ہے اور اسی طرح جیسے چلے جانے کا ارادہ ہے۔ جب تک اوناسس کسی بڑے جہاز کا کپتان نہیں بن جاتا۔ میں نے کلارک سے وعدہ کیا تھا اور یہ وعدہ میں ضرور نبھاؤں گی۔

"ہم دونوں نے سمندر کے کنارے ایک جگہ رک کر پیٹ بھر کھایا۔ کھانے پینے کے بعد محترمہ نے بھرپور انگڑائی لی اور وہیں ایک چٹان پر سستانے کے لیے لیٹ گئیں۔

پال نے بھی جماہی لی" نیند آرہی ہے نا"

"آپ سو جائیں"

"میرے پاس سگریٹ ہیں اور آپ کا کردار۔ آج کا یہ بریف اینکاونٹر۔ آپ کی یہ باتیں، رنگا رنگ کے اس تانے بانے سے یادوں کی ایک خوب صورت شال بنوں گا اور جب وہ تیار ہو جائے گی تو حفاظت اور قرینے سے تہہ کر کے اُسے اپنی روح پر اوڑھ لونگا تاکہ اس کی گرمی سے آنے والی کتنی ہی خنک اور تنگ و تاریک راتیں کاٹ سکوں"

آپ کلارک کی طرح کمزور نہیں ہیں۔ کلارک نے ہماری پہلی تفصیلی ملاقات میں ہی مجھے ..... وہ مسکرا دیں۔

"میں بھی خاصا کمزور آدمی ہوں۔ میرے بدن کا رُواں رُواں آپ کے بدن کے لیے تڑپ رہا ہے، مگر میں نہ چور ہوں نہ ڈاکو۔ میں نے کبھی کسی عورت کے ساتھ زبردستی نہیں کی"

"تو آپ بھی"

"میں ایک صحت مند، بیدار مغز اور اپنے انداز سے کافی معقول قسم کا آدمی ہوں بلاوجہ میں نے درجنوں عورتوں کے جسمانی تقاضے پورے کیے ہیں مگر اپنی روح کو کبھی داغ دار ہونے نہیں دیا نہ ہی میں نے کبھی کسی عورت کو اپنے ذہن پر سوار ہونے دیا...... رہی دل کی بات تو وہ میں آپ کو بتا ہی چکا ہوں۔ میں نے جس کو چاہا اس نے مجھے نہیں چاہا

جو محض اتفاق ہے۔ روایتی مجنوؤں کی طرح میں نے یک طرفہ محبت نہیں کی۔ یک طرفہ چاہت البتہ اکثر کی ہے۔ ایسے جذبات سطحی ہوتے ہیں سان میں دم نہیں ہوتا اور محبت دم اور ثابت قدمی کی طالب ہے۔ جو کہانی تکمیل تک پہنچنے کے اہل نہ ہو اسے یاد بنا کر سجاتے سنوارتے رہنا حماقت ہے، مگر میں آپ کو یہ سب کیوں بتا رہا ہوں۔ آپ سو جائیے۔ میری گود میں سو جائیے۔ آپ مجھے اچھی لگتی ہیں۔ میں پچھلے دس دنوں سے جینز کے پکوڑے محض آپ کے دیدار کے لالچ میں کھا رہا ہوں۔ جب کہ تلی ہوئی چیزوں سے مجھے دور کی بھی رغبت نہیں۔ میں کلارک نہیں بنوں گا۔ چاہے آپ کے جسم کی چاہت میرا سارا ذہنی توازن ہی بگاڑ دے۔"

"آپ نے میرا نام نہیں پوچھا۔"

"میں نے آپ کی کہانی جاننے پر بھی اصرار نہیں کیا۔ آپ کا نام جان لینا مشکل نہیں نہ ہی آپ کی کہانی۔ مگر میں اِس کی ضرورت نہیں سمجھتا۔ مجھے اعتراف ہے کہ آپ جیسی حسین اور ذہین عورت میری زندگی میں پہلے کبھی نہیں آئی۔ مجھے خوف ہے تو بس اسی بات کا کہ میں دوسری عورتوں کی طرح آپ کی یاد کو آسانی سے فراموش نہ کر سکوں گا۔ ابھی ابھی میں نے جس تانے بانے کا ذکر کیا تھا۔ وہ میں نے اس سے پہلے کبھی نہیں بُنا۔"

"میرا نام لیلین ہے۔ لیلین کلارک۔ آپ مجھے لِلی کہہ کر پکار سکتے ہیں۔ کلارک مجھے ہمیشہ اِسی نام سے پکارتے تھے۔"

"میرے لیے مسز ایلبرٹ ہی کافی ہے۔ اب آپ سو جائیے۔ آپ بہت تھک گئی ہیں۔"

للی واقعی سو گئی ــــــ پال نے اُسے کار کی پچھلی سیٹ پر لٹا دیا۔ وہ کتنی ہلکی تھی جیسے روئی کی بنی ہو۔ وہ نیند سے بیدار ہوئی تو پانچ بج رہے تھے۔ گھڑی پر نظر جماتے ہوئے اس نے شکایت کی تم نے مجھے جگایا نہیں۔ میں پورے دو گھنٹے مدہوش پڑی رہی ہوں۔ للی نے دیکھا کہ سوتے سوتے اس کا بریزیر اپنے آپ کھل گیا تھا اور اس کی برہنہ چھاتیاں آزاد ہو کر دو ننھے ننھے بچوں کی طرح اس کے جسم سے چمٹی سو رہی تھیں۔ اس نے ہاؤس کوٹ سے جسم ڈھک لیا۔

"تم مجھے کب سے دیکھ رہے ہو؟"

"جب سے تم سو رہی ہو۔"

"تم نے مجھے چھوا تک نہیں۔"

"مجھے پھول ڈالی میں سب سے زیادہ اچھے لگتے ہیں۔ پھولوں کے گلدستے بنا کر گلدان سجانے کی حماقت میں نے کبھی نہیں کی۔ میں نیک نیت آدمی ہوں۔ تم میری حفاظت میں سوئی تھیں۔ میرا فرض تھا کہ تمہاری حفاظت کروں۔ اپنے آپ سے بھی۔"

"تم جیسے انسان کی کنیز بن کر رہنا فخر کی بات ہے۔ ابھی ابھی تم نے مجھ سے شادی کے لیے کہا تھا۔"

"ضرور کہا تھا اور خدا گواہ ہے کہ دل و جان سے کہا تھا۔ مگر تب مجھے معلوم نہ تھا کہ تم کسی کو اب بھی دل میں رکھے ہوئے ہو اور کسی کو دیے ہوئے وعدے سے بندھی ہوئی ہو۔ میں تمہارا جسم ضرور چاہوں گا۔ مگر تمہاری روح کا بٹوارا مجھے منظور نہیں۔"

وہ کب آپ سے تم اور تو پر اتر آئے انہیں خود بھی پتہ نہ چلا۔

"اونا سس اب بھی باپ کے لوٹنے کا منتظر ہے۔"

"بہت پیارا بچہ ہے۔ میں ممتا کا مفہوم سمجھتا ہوں۔"

"اسے ماں کے علاوہ باپ کی بھی ضرورت ہے۔"

"اگر مجھے یقین ہو جائے کہ میں اونا کا باپ بننے کے اہل ہوں تو اپنی درخواست پھر دہراؤں گا۔ میں نہیں چاہوں گا کہ اونا کا باپ بنوں اور میرے بیٹے کا مستقبل تمہارا مرحوم شوہر طے کرے — خیر چھوڑو یہ قصہ۔ آؤ کچھ کھا پی لیں۔ مجھے بھوک لگ آئی ہے۔"

باقی جو کچھ بچا تھا دونوں نے مل کر کھایا۔ بھر موس خالی ہو گئی تو للی نے کہا "آج میرا جنم دن ہے"۔

"جیو تم ہزار برس اور ہر برس کے ہوں دن دس ہزار۔"

اگلے تین دن تک اُن کی ملاقات نہ ہوئی۔ پھر یہ سوچ کر کہ للی نے جان بوجھ کر اپنی شاموں کا معمول ترک کر دیا ہے۔ پال نے بھی سی سی جانا چھوڑ دیا۔ اگلے تین روز تک وہ اپنے کمرے سے نہ نکلا۔

اتوار کو ناشتہ سے فارغ ہو کر وہ حسبِ معمول باہر جانے کے لیے تیار ہو رہا تھا کہ ڈرائیور ایک معمر خادمہ کو ساتھ لے کر آ گیا۔

"میم صاحب بہت بیمار ہیں صاحب۔ آپ کو بلایا ہے"

پال نے دروازہ مقفل کیا تو ڈرائیور نے قدرے جھجک کر التجا کی۔ "اگر آپ اجازت دیں

صاحب تو کار کی چابی آپ کو دے دوں ۔ میری بیوی بیمار ہے صاحب ، چھ روز سے ہسپتال میں پڑی ہے ۔ میں چھٹی لے سکتا تھا ۔ مگر اوور ٹائم مارا جائے گا ، اسی لیے عرضی نہ دی ۔ اگر آپ اجازت دے دیں تو آج کا دن اپنی بڑھیا کے ساتھ گزار آؤں "

پال نے بغیر کچھ کہے چابی لے لی اور ڈرائیور کو دس کا نوٹ دے کر کہا ۔ "ان کے لیے فروٹ لے جانا ۔"

تین بیڈ روم کا وہ فلیٹ ہر لحاظ سے قابلِ دید تھا قیمتی ساز و سامان سے سجے اس فلیٹ میں للی اپنے بچے کے ساتھ اکیلی رہتی تھی ۔ یہ جان کر اُسے اِس عورت کی دلبری پر رشک آنے لگا ۔

"ممی کے پاس پستول ہے ۔ پستول سے مر جاتے ہیں نال انکل ۔ مجھے ممی سے بہت ڈر لگتا ہے ۔"

خادمہ نے اُسے احترام سے سب سے بڑی صوفہ چیئر پر بٹھا دیا ۔ پورے چھ روز تک بیمار رہ کر وہ آج ہی کچھ ٹھیک ہوئی ہیں ۔ بابا اپنے جمی انکل کے ساتھ گیا ہوا ہے ۔ چھ دن بعد اُن کا پہلا غسل ہو گا ۔ ابھی آ جائیں گی ۔"

"مگر تم نے تو کہا تھا کہ وہ سخت بیمار ہیں ۔"

"اُنہوں نے ایسا کہنے کو کہا تھا ۔ مگر یہ بھی درست ہے کہ وہ ان دنوں خاصی بیمار رہی ہیں ۔ اِتوار کو اُنہیں غالباً سردی لگ گئی تھی ۔ سوم اور منگل کو تو وہ تقریباً بے ہوش رہیں کل سے اُٹھنا بیٹھنا شروع کیا تھا ۔ آج ہی ڈاکٹر نے نہانے کی اجازت دی ہے ۔ آپ بیٹھیے ۔ میں سبزی ترکاری لینے ذرا بازار جاؤں گی ۔ وہ ابھی آ جائیں گی ۔"

پال پانچ دس منٹ ایسے ہی صوفے میں دھنسے سگریٹ پر سگریٹ پھونکتے رہے ۔ پھر اِدھر اُدھر گھومنے لگے ۔ عُمدہ فرنیچر ، عُمدہ پردے ، عُمدہ قالین ، سب سے عُمدہ قرینہ ، ترتیب ، فلیٹ کی مالکن کے خاصے اُونچے ذوق کا اِشتہار تھی ۔ پال نے دوسرے کمروں کا طواف کیا ۔ کوئی بھی چیز ہندوستانی نہ تھی ۔ کچن کا سامان تقریباً سارے کا سارا بیرونِ ممالک سے اکٹھا کیا ہوا تھا ۔ جہازیوں کی خصوصیت وہ للی اور کلارک کی تصویر کے سامنے کھڑا اپنے رقیب کے خدوخال کا دیکھ پرکھ کر رہا تھا کہ للی نے پیچھے سے آ کر اُسے اپنی بانہوں کے گھیرے میں لے لیا ۔

"تم نے مجھے ایک دم ڈرا دیا ۔"

"تم ڈرتے بھی ہو"

"صرف تم سے۔ مگر یہ کیا صورت بنا رکھی ہے تم نے۔ اتنی بیمار تھیں تو مجھے اطلاع کیوں نہ دی"

"حق دار ہوں کہ نہیں ہاسی چکر میں اُلجھی رہی۔ آج تمہاری چھٹی ہے۔ سوچا تمہیں کہوں کہ مجھے گھمانے لے چلو۔

"تم آج ہی بیماری سے اٹھی ہو۔ بہت کمزور لگ رہی ہو" پال نے للی کو بازوؤں میں بھر کر اٹھالیا۔ تم بڑی ظالم ہو۔ میں نے تین شامیں تمہیں بغیر دیکھے گزاریں پھر میں نے سی سی میں جانا ہی چھوڑ دیا۔ سوچا تم اُس روز کی غیر معمولی تیز رفتاری سے نادم ہو"

"مجھے اُس روز کار میں بیٹھے بیٹھے ہی بخار محسوس ہونے لگا تھا۔ تم نے مجھے چھوا نہ تھا۔ ورنہ جان جاتے کہ میرا جسم حرارت پکڑتا جا رہا ہے"

کار کی چابی کو میز پر رکھتے ہوئے پال نے کہا۔ آج ہم کہیں نہیں جائیں گے۔ یہیں بیٹھ کر باتیں کریں گے۔

"صرف باتیں؟"

"باتیں بھی اور پیار بھی جتنا اور جس حد تک تم اجازت دو گی"

ویسے ہی اٹھائے اٹھائے وہ اُسے بیڈروم میں لے گیا۔

"یہ بیڈروم کی ڈریس ہے!"

"میں سیر کے لیے تیار ہو کر نکلا تھا کہ:

"تو چلو میں بھی سیر کے کپڑے پہن لیتی ہوں"

"اب ہم کہیں نہیں جائیں گے۔ یہ کہہ کر اس نے کوٹ اتار کر پاس رکھی ہوئی کرسی پر پھینک دیا۔

"اوتا کہاں گیا ہے؟"

"شام کو لوٹے گا"

"تمہاری خادمہ؟"

"وہ آج چھٹی پر ہے۔ کل صبح ترکاری لے کر آئے گی"

"تو گویا ہم"

"اکیلے بھی ہیں اور ہر لحاظ سے آزاد بھی"

"آج میں تمہارے سامنے پورے طور پر برہنہ ہو جانا چاہتی ہوں۔ آج میں تمہیں اپنی آتما بھی ننگی کر کے دکھا دوں گی۔ آج تم میری ساری خوب صورتی اور بد صورتی ایک ساتھ دیکھو گے تا کہ فیصلہ کر سکو کہ میں تمہارے کام کی ہوں کہ نہیں"

"تم بے حد امیر عورت ہو"

"یہ درست ہے۔ مگر یہ سب میرا نہیں کلارک کا تھا اور اب اُس کے بیٹے کا ہے۔ میں تو محض محافظہ ہوں۔ سب کلارک کے نام تھا اور اب اس کی وصیت کے مطابق اُس کے بیٹے کا ہے۔ جمی کا کپٹنسز کیبن بھی اُونا کے نام ہے۔ جمی اِسے چلاتا ہے۔ میں نے اُس سے کبھی حساب نہیں مانگا۔ وہ کلارک کا وفادار دوست تھا اور آج اُس کے بیٹے کا وفادار سرپرست ہے۔ اپنے نجی زیورات اور کپڑوں کے علاوہ یہاں ایسا کچھ بھی نہیں جسے میں اپنا کہہ سکوں۔ جیمز اور کلارک مدتوں ایک ساتھ رہے۔ ایک ہی جہاز پر۔ جمی چیف سٹوارٹ تھا اور کلارک چیف آفیسر۔ بطور چیف آفیسر یہ کلارک کا آخری سفر تھا۔ اِس کے بعد اُسے کیپٹن بننا تھا۔ سب طے تھا اور با قاعدہ اعلان بھی ہو چکا تھا۔ مگر تقدیر کے آگے کب کس کا بس چلا ہے"

پال بلی کی گود میں سر رکھے اُس کی کہانی سُن رہا تھا۔

کلارک ہمیشہ دوسرے ممالک کی بڑی بڑی جہازی کمپنیوں میں رہا تھا اور دس سال کے قلیل عرصے میں اس نے دس لاکھ روپے جمع کر لیے تھے۔ یہ فلیٹ خرید لیا تھا اور اسے سجا سنوار کر اپنی ضرورت کے مطابق تیار کر لیا تھا۔ وہ تنخواہ کی رقم کبھی خرچ نہ کرتا۔ اپنا نجی گزارہ اور میس کا بل تاش سے نکالتا تھا۔ وہ ہر بار جیتتا تھا۔ اُس کے ساتھی اُسے گالیاں دیتے۔ مگر پھر اُسی کے ساتھ کھیلتے۔ کہاوت ہے کہ لکی اِن کارڈز ان لکی اِن لو' یہ ٹھیک ہی ثابت ہوا۔ میں نے اُس سے شادی کی۔ اُس کے بچے کی ماں بنی مگر میں اُس سے پیار کبھی نہ کر سکی۔ مگر وہ خوب صورت درندہ تھا، جسمانی پیار کا ہنر نہ جانے اُس نے کہاں سے سیکھا تھا۔ شاید اِس قماش کے لوگ ——— مجھے درجنوں بار ذلیل کرنے کے بعد ہی اُس نے میرے ساتھ بیاہ رچایا تھا۔ شادی کے بعد مجھے معلوم ہوا کہ دُنیا کی ہر میجر پورٹ پر وہ دو چار آوارہ عورتوں سے وابستہ تھا۔ بڑے فخر سے وہ مجھے اُن سے انٹروڈیوس کراتا تھا۔

گویا میں انہیں میں سے تو ہوں مگر اس کی سب سے بڑی ٹرافی بھی ہوں۔

"مجھے کلارک کی کہانی نہیں سُننی۔" پال یکایک اُٹھ کھڑا ہو گیا۔

"تم چپ چاپ میرے ساتھ لیٹی رہو۔ میں تمہاری کہانی تم سے نہیں تمہارے بدن سے سُننا چاہتا ہوں۔ تمہاری سانسوں کا آوا گون۔ تمہارے دِل کی دھڑکنیں سُننا چاہتا ہوں۔ تمہارے یہ ہونٹ جنھیں اُس نے چوسا تو غالباً سینکڑوں بار ہوگا، مگر چوما شاید کبھی نہیں اور تمہارے گلابی چہرے پر یہ نیلی جھیلیں جس میں مجھے ساتوں بڑے سمندر ایک ساتھ ٹھاٹھیں مارتے دکھائی دیتے ہیں۔ مگر جن کی اچھل کود اس کمبخت نے غالباً کبھی نہ دیکھی تھی۔ تم ایک بھرپور کہانی ہو لِلی۔ مجھے چند لمحے اِس مندر میں جی لینے دو لِلی۔ تم نے ورڈزورتھ کا نام سُنا ہے نہ لِلی۔ کہتے ہیں کہ وہ ایک رات اپنی نظموں کے ایک مجموعے کے پورے عوضانہ سے گلاب کی پتیاں خرید کر اُن کے بچھونے پر سو گیا تھا۔ تمہارا جسم گلاب کی پتیوں سے بنا ہے۔ مجھے اس میں کھو جانے دو۔ اُس کی مہک میں سو جانے دو۔"

جب لِلی نے اُسے جھنجھوڑ کر جگایا تو دوپہر ہو چلی تھی۔

"اٹھو اور چائے پی لو۔" لِلی اب بھی لباس سے آزاد تھی۔ پال نے اسے پھر اٹھا کر ساتھ لٹا لیا۔

کار بیچ پر پہنچ کر رکی تو پال نے کہا آؤ ذرا گھومتے ہیں۔"

"میں تو صبح ہی سے گھوم رہی ہوں۔"

"ابھی تک تو ہم اونچی فضاؤں میں ہی گھوم رہے تھے آؤ ذرا دھرتی پہ اُتر کر بھی دیکھیں"

پانچ بجے تک وہ دونوں ننگے پاؤں گیلی ریت پر چلتے رہے۔

دوسری شام وہ سی سی میں ملے تو اوڈنا بھی ساتھ تھا۔ وہ دیر تک اوڈنا کے ساتھ کھیلتا رہا۔ سات بجے آیا اوڈنا کو لے گئی۔

"بڑا کھلنڈرا بچہ ہے۔"

"جہازی کی اولاد ہے نا۔"

"تمہارے شوہر کے ماں باپ بہن بھائی؟"

"تم نے میرے گھر والوں کے بارے میں ابھی تک کچھ نہیں پوچھا۔"

"تمہارا اپنا کہنے کے لائق کوئی ہوتا تو تم اِس وسیع و عریض خطۂ زمین پر اکیلی نہ رہتیں۔"

تم نے ٹھیک کہا ہے۔ میرا اس دنیا میں کوئی نہیں۔ میری ماں ایک مسلمان تاجر کے ساتھ مشرقی وسطیٰ بھاگ گئی تھی اور میرے باپ نے ندامت میں خود کشی کر لی۔ مجھے نانی نے پالا۔ نانی کے تین بیٹے تھے۔ میرے ماموں۔ مگر تینوں کے تینوں پرلے درجے کے حرامی اور لوفر تھے۔ دُنیا کا کوئی عیب نہ تھا، جو انھوں نے چھوڑا ہو۔ نانی خاصی امیر تھی اپنے والد کی اکلوتی وارث۔ ورنہ بے چاری بھوکوں مر جاتی۔ اپنی زندگی میں نانا نے بیٹوں کو الگ الگ مکان دے کر جُدا کر دیا تھا۔ وہ مرے تو نانی اکیلی تو رہ گئی، مگر بے سہارا نہیں۔ مکانوں اور دو کانوں کے کرایہ پر ہمارا گزر بسر ہوتا تھا۔"

"تم نے کلارک کو کیسے پھانسا؟"

"پھانسا؟"

"میرا مطلب ہے ریپ کے لیے کیسے اُکسایا؟"

وہ مسکرائی "تمہارا اندازہ کچھ ایسا غلط بھی نہیں ہے۔ کلارک کے والد نانی کے کرایہ دار تھے۔ بے چارے ایک مقامی فیکٹری میں معمولی کلرک تھے۔ بیوی یعنی کلارک کی ماں بڑے گھر کی بیٹی تھی۔ لہٰذا میاں بیوی میں کبھی نہ بنی۔ وہ اکثر جھگڑ کر میکے چلی جاتی۔ ایسے ہی ایک موقع پر کلارک چھٹی پر آیا ہوا تھا۔ تم جانتے ہو بڑے ٹھاٹ ہوتے ہیں۔ اِن جہازیوں کے۔ سب سے چھوٹا افسر ہونے کے باوجود وہ کوئی پانچ چھ ہزار مہینہ تنخواہ پاتا تھا۔ ہر دوسرے تیسرے مہینے ہمارے گھر آدھمکتا۔ ہر اتوار باقاعدہ چرچ میں بھی ملتا۔ نانی کو لڑکا پسند آ گیا۔ اُسی کے اُکسانے پر میں کلارک سے کھلم کھلا ملنے لگی۔ کوئی ہفتہ بھر پہلے ہی میں انٹرمیڈیٹ کے امتحان سے فارغ ہوئی تھی۔ بھرپور جوان تھی۔ نانی مجھے آگے بڑھانے کی بجائے میرا بیاہ کر کے چھٹکارا پانا چاہتی تھی۔ ایک دن کلارک مجھے اپنے گھر لے گیا۔ ماں میکے گئی ہوئی تھی اور باپ نوکری پر۔ گھر میں کوئی نہ تھا۔ اُس نے گھر کے سامنے دروازے پہلے ہی سے بند کر رکھے تھے۔ میں چیخی چلائی۔ مگر اس پر تو جیسے بھوت سوار تھا۔ اُس روز ایک ہی دن میں اس نے مجھے تین بار ریپ کیا۔

ریپ صرف پہلی بار ہوتا ہے۔

"پہلی بار کے بعد میں نے مزاحمت نہ کی۔"

میں کلارک سے جدا ہوئی تو ہم دوست بن چکے تھے۔ گھر لوٹ کر البتہ میں نے اس کے ظلم اور اپنی بے بسی کی کہانی کچھ ایسی معصومیت سے سنائی کہ نانی کا دل کھول گیا۔ انھوں نے کلارک کی ماں کو بلا بھیجا۔ ہمارے گھر میں لمبی کانفرنس ہوئی۔ جس میں میرے اور کلارک کے علاوہ سبھی تھے۔ کلارک کے والدین، نانی اور میرے تین ماموں۔ نتیجتاً میری شادی ہوگئی اونا اس سے پہلے ہی ایمکاونٹر میں ہی میرے شکم میں آگیا تھا۔ ہم جہاز میں تھے جب نانی کی وفات کی خبر ملی۔ میں ٹوکیو سے ہوائی جہاز کے ذریعے گھر آئی۔ مگر گھر پر بڑا ماموں جو تینوں بھائیوں میں سب سے طاقت ور اور خونخوار تھا، قبضہ جما چکا تھا۔ کسی نے میری آمد کو خوش آمدید نہ کہا۔ مجبوراً مجھے سسرال میں رہنا پڑا۔ اونا میرے پیٹ میں اب کافی اچھل کود مچانے لگا تھا۔ لہٰذا واپس کلارک کے پاس لوٹنے کی بجائے میں اُدھر اس کے ماں باپ کے پاس رہ کر اس کا انتظار کرنے لگی۔ اونا کلارک کے جنون اور میری کمزوری کی اولاد ہوتے ہوئے بھی بے حد خوب صورت بچہ تھا۔ دادا دادی کا چہیتا۔ دادا دادی کی اس باہمی کشمکش اسما اندر پڑ گئی تھی جہازی قوانین کے مطابق مجھے اب دو سال اکیلے رہنا تھا۔ اسی بیچ میری ماں کا دیہانت ہوگیا۔ کلارک ماتم پر آیا اور چلا گیا۔

اونا بمشکل دس مہینے کا تھا۔ جب ایک رات میرا سسر جسے میں بے حد شریف اور نیک آدمی سمجھتی تھی، شراب میں دھت میرے کمرے میں چلا آیا اور اس سے پہلے کہ میں سنبھلتی اس نے کسی عجیب و غریب مشروب میں سنا ہوا رومال میرے منہ پر رکھ دیا اور میں ایک دم بے ہوش ہوگئی۔ ہوش آیا تو میں لٹ چکی تھی۔

کلارک کے ڈیڈی اب مجھے ڈارلنگ کہہ کر بلاتے تھے۔ اب ہم باپ بیٹی کی طرح نہیں، ایک مرد اور عورت کی طرح رہتے تھے۔ ادھیڑ ہوتے ہوئے بھی وہ نڈر بھور مرد تھا۔

ہر چھ مہینے بعد کلارک گھر آتا۔ مہینہ دو مہینہ رہتا اور لوٹ جاتا۔ میں نے اسے اپنے اور اس کے باپ سے تعلق کا شک نہ ہونے دیا۔ بڈھا بڑا محتاط تھا۔ میں نے تو سمجھ بھی لیا تھا کہ راز افشا ہوجانے کی صورت میں کلارک مجھے ہمیشہ کے لیے چھوڑ کر چلا جائے گا۔ بڈھا کلارک سے جلتا تھا۔ ایک دن بولا۔ میرا بس چلے تو اس حرامی بیٹے کو جان سے مار ڈالوں۔"

"تم نے بیٹے کی بیوی کو ذلیل کیا اب اُسے مارنے کی فکر میں ہو۔ تم آدمی ہو کہ جانور۔"

اور تب اُس نے بتایا کہ کلارک اُس کا بیٹا نہ تھا۔ وہ ماں کے پیٹ میں پورے چھ مہینے رہ چکا تھا جب میرے نانا نے میری غریبی اور لاچاری کا فائدہ اٹھا کر اُس کی ماں سے میرا بیاہ کر دیا اور ہمیں دو سال کے لیے باہر بھجوا دیا۔ اپنی کہانی کی تصدیق کے طور پر اُس نے کلارک کی ماں کا خود اپنے ہاتھ سے لکھا ہوا اعترافِ گناہ دِکھا دیا۔

'ہر عورت جو شادی سے پہلے کسی غیر مرد سے ہم بستر رہ چکی ہو اُس احترام کی حقدار نہیں رہتی جو ایک نیک بیوی کا ہوتا ہے۔'

"یہ بات اُس نے درجنوں بار دہرائی، مگر میں ہر بار چپ رہی۔"

"تُم میں حق پر چلنے کا دم نہیں۔ ورنہ تم کلارک سے ہمارے تعلقات کا ذکر ضرور کر دیتیں۔ تم ایک حقیر، بے حد معمولی ادنیٰ اور ذلیل عورت ہو۔ کوئی بھی مرد جو تمہیں جان لے گا موقع پڑنے پر تم سے وہی سلوک کرے گا جو کلارک نے یا میں نے کیا۔"

"یہ سب تُم مجھے کیوں بتا رہی ہو؟"

"کیونکہ تُم سمجھتے ہو کہ تم مجھ سے پیار کرنے لگے ہو اور میں سمجھتی ہوں کہ تم پہلے مرد ہو جسے اپنی دانست میں ——— میں بھی"

"اب جب کہ ہم نے اپنے جسموں اور روحوں کو ہر لباس سے آزاد کر دیا ہے تو باقی کہانی بھی کہہ چکو۔"

"ہم لوگ یونان کی اُس بندرگاہ میں تقریباً تین ہفتوں سے ٹھہرے ہوئے تھے۔ سامان اتارا جا چُکا تھا، نیا سامان لادا جا رہا تھا کہ ہمیں خبر ملی کہ باہر اینکر یج میں کمپنی کا وہ جہاز جس پر کلارک نے پہلی بار سیل کیا تھا خطرے میں ہے۔ انجن روم میں پانی بدستور بھرتا جا رہا تھا۔ جہاز کے کپتان اور دور کرو نے جہاز خالی کر دیا تھا۔ جہاز رانی کے انٹرنیشنل قوانین کے مطابق ایسی حالت میں جو شخص ایسے جہاز کو بچا لیتا ہے، وہ ہی اس کا واحد مالک قرار دیا جاتا ہے۔ کلارک اپنے ہی لیے ایک سیکنڈ انجنیئر اور چند دیگر من چلے سیلرز کو لے کر ایک چھوٹی سی کشتی سے جہاز پر پہنچ گیا۔ پورا دن وہ لوگ جہاز پر کام کرتے رہے۔ ہم لوگ بندرگاہ سے دوربینوں کے ساتھ جہاز کو دن بھر دیکھتے رہے۔ شام یا رات کے پہلے جھٹپٹے میں ہم نے دیکھا کہ کلارک اور اُس کے ساتھی اُوپر ڈیک پر آ گئے ہیں اور خوشی سے ناچ رہے ہیں۔ اور بوتلیں ہاتھ میں لیے شراب اڑا رہے ہیں۔ ڈیک پر روشنی تھی۔ دوربین سے سب پر

دیکھا جا سکتا تھا۔ یہ شور و غوغا تقریباً آدھی رات تک ایسے ہی چلتا رہا۔ لوگوں نے مجھے مبارکبادیں دینی شروع کر دیں۔ مسز کلارک اب تین چار کروڑ کی مالکہ ہیں۔ آپ کا شوہر واقعی ایک بہادر سیلر ہے۔ اتنی چھوٹی عمر میں ایک بڑے جہاز کی ملکیت پا جانا معمولی بات نہیں۔ اس رات ہم لوگ بندرگاہ میں کھڑے گئی رات تک کلارک کی صحت اور خوش قسمتی کے جام اڑاتے رہے۔ بالآخر جب ایک دوسرے کو شب بخیر کہہ کر اپنے اپنے کیبنوں میں لوٹے تو نئے دن کے تقریباً دو بج چکے تھے۔۔

۔۔ کپتان لارنس نے دوربین سے دیکھ کر کہا۔ وہاں بھی سب لوگ سو گئے ہیں۔"

دوسری صبح جب ہم اٹھے تو دیکھا کہ کلارک کا فتح کیا ہوا قلعہ مسمار ہو چکا ہے۔ جہاز چپ چاپ رات کے سناٹے میں جب ہر کوئی فتح کی خوشی میں بدمست ہو رہا تھا، دھیرے دھیرے سنک کر گیا۔

وہ ایکا ایک اٹھ کھڑی ہوئی۔ وہ الف ننگی تھی، مگر ایسے چل رہی تھی جیسے کمرے میں کوئی دوسرا نہ ہو۔ یا پھر ایسے کہ وہ پورے لباس میں ملبوس ہو۔ چند منٹوں کے بعد وہ لوٹی تو اس کے ہاتھ میں دو کاغذ تھے، جو اس نے پال کو تھما دیئے۔

پہلا خط کلارک کی ماں کا اپنے بیٹے کے نام تھا جس کا مفہوم تھا کہ وہ جس شخص کو اپنا باپ سمجھتا تھا، وہ اس کا باپ نہ تھا۔ اس کا باپ اوناسس نام کا ایک جہازی تھا، جو اس کی پیدائش سے چند ماہ پہلے ہی مر گیا تھا۔ دوسرا خط کلارک کا للی کے نام تھا۔

پیاری للی:

تمہارا نام تتلی ہونا چاہیے تھا۔ تتلی، جو ایک اڑتا ہوا پھول ہوتی ہے۔ نام للی بھی برا نہیں۔ تم واقعی للی ہو۔ میرے فرضی باپ سے تمہارے تعلقات کا مجھے علم تھا۔ وہ میرا باپ ہوتا تو میں اسے قتل کر دیتا۔ وہ میرا باپ نہیں تھا اور تم نے اس کی ناواجب حرکت کا اشارتاً بھی ذکر نہ کیا تھا۔ لہٰذا میں نے اسے اپنے ہاتھوں سے مارنا مناسب نہ سمجھا۔ جب تم نے اس انوکھے تعلق سے سمجھوتہ کر لیا تھا تو مجھے بھی کیوں ——

میں جانتا تھا کہ ایک بار تم میرے ساتھ جہاز پر آ گئیں تو پھر کبھی گھر لوٹنے کے لیے نہ کہو گی یہی ہوا۔ ہم چار سال سے ایک ساتھ ہیں۔ میں نے تمہیں کبھی برا بھلا نہیں کہا۔ جو آدمی خود درجنوں عورتوں سے شادی کے بعد بھی تعلقات رکھ سکتا ہے اسے کیا حق پہنچتا ہے کہ وہ تمہارے جیسی خوب صورت عورت کو اپنی ذاتی ملکیت مان کر سزا و جزا کی سوچے۔ لارنس سے تمہارے تعلقات کا مجھے علم نہیں تھا۔ بس ایک شک تھا۔ جو کافی نہ تھا۔

البتہ کل اس نے میری کنٹی ڈیٹیل رپورٹ دکھائی تو مجھے علم ہوا کہ مجھے آگے دیکھنے میں تمہارا کتنا ہاتھ ہے۔ تم مجھے کپتان دیکھنا چاہتی ہو نا۔ کپتان کی بیوی جہاز کی ملکہ ہوتی ہے۔ میں تمہیں ایک بڑے جہاز کی ملکہ نہیں مالکہ بنانے جا رہا ہوں۔ اپنی زندگی پر کھیل کر۔ بات بن گئی تو۔ نہ بنی تو بھی تمہارے پاس اب سب کچھ ہے۔ ایک شاندار فلیٹ اور دس لاکھ روپے کے نقدی زیورات اور دوسری چیزیں جو جینے کے لیے ضروری نہیں ہوتیں، مگر تمہارے لیے ضروری ہیں

کل صبح تک فیصلہ ہو جائے گا۔ کل صبح تم ایک امیر بیوہ ہوگی یا ایک جہاز کے مالک کی بیوی۔ خوب صورت عورتوں کے لیے لوگوں نے پہاڑ کاٹے ہیں۔ دودھ کی ندیاں بہائی ہیں یا ریگستانوں کی خاک پھانکی ہے۔ مجھے بھی خوب صورتی سے نباہ کرنے کا سلیقہ آتا ہے۔

تمہارا ایلبرٹ

نوٹ: اوناسس ایک جہازی کا پوتا اور ایک جہازی کا بیٹا ہے۔ اوناسس کو جہاز کا کیپٹن بنانا۔ میرا سب کچھ اُس کا ہے۔ تم بھی حق دار ہو، مگر اوناسس کی ماں کے ناطے۔ میرا تمہارا ناطہ تو تم جانتی ہو۔ ایک بھرم ہے جو جب تک بنا رہے اچھا ہے۔

اچھا: خدا حافظ

ایک اور بات —— اگر میں لوٹ آیا تو اِس خط کو بھول جانا۔ میں بھی اِس کا تذکرہ کبھی نہ کروں گا۔ خوب صورت عورت سے شادی کی ہے میں نے۔ خوب صورتی سے نباہ کا سلیقہ تو آنا ہی چاہیے۔

"تم!"

"میں نے کہا نہ تھا کہ میں تمہارے قابل نہیں ہوں"

"تم ہر اُس آدمی کے لیے خدا کا وظیفہ ہو جو خوب صورتی کا شیدائی ہے۔ کیونکہ تم بے حد خوب صورت ہو۔ میں البتہ اِس خط میں تم سے مانگے ہوئے وعدے کو پورا کرنے میں تمہارا ساتھ نہیں دے سکتا۔ میں نے اوناسس کو اپنایا تو اُسے اپنے ڈھنگ سے پالنا چاہوں گا —— زندہ آدمی سے جھوٹا وعدہ کیا جا سکتا ہے —— کلارک جیسے شہید سے نہیں۔"

"میں جانتی تھی میری کہانی سن کر تم —— تم جیسا آدمی ——" وہ بلک بلک کر رونے لگی۔ پال نے اُسے چپ نہ کرایا۔ اُسے چپ چاپ گود میں لیے بیٹھا رہا۔ بالآخر جب وہ تھک کر سو گئی

تو اٹھ کھڑا ہوا۔ دونوں کاغذ اُس نے جیب میں ڈال لیے۔ کپڑے پہنے اور باہر نکل گیا۔

دوسرے دِن جیمز نے مسز ایلبرٹ کو پال کا خط تھماتے ہوئے کہا۔

"وہ کہہ رہے تھے کہ اِس کا جواب ضروری نہیں"

پیاری للی؛ تم بہت حسین ہو۔ بے پناہ حُسن جو خدائے پاک کا ایک قیمتی تحفہ ہے تمہارے لیے ایک اجیشاپ بن گیا ہے۔ تمہارے دونوں خط میں نے جلا دیئے ہیں کیونکہ اُن کا بوجھ لے کر جینا مُشکل تھا۔ کل شام میں کیپنسز کیبن جیمز کے پکوڑے کھانے آؤں گا۔ تم ضرور آنا مگر ماتمی لباس میں نہیں، شدھ سفید ساڑی میں جو بے داغ ہو اور جو مجھے یقین دِلا دے کہ تم نے ماضی کی کینچلی کو اُتار پھینکا ہے۔

کل رات تم میرے پاس تھیں۔ میرے قبضے میں اور میں ــــ مگر مجھے تمہارے اس خبیث سسر کی بات یاد تھی۔

ہر عورت جو شادی سے پہلے کسی غیر مرد کے بستر ــــ تم میرے لیے کنواری ہو، مریم ہو۔ ایک پاکیزہ روح ــــ

اِسے شادی کا پیغام سمجھ کر چلی آؤ گی تو ہم ایک ہو جائیں گے ورنہ جو شخص ۴۰ سال تک شادی کو ملتوی رکھ سکتا ہے، وہ عُمر بھر بھی کنوارا رہ سکتا ہے۔

تمہارا: جوگندر

دوسرے روز وہ کیپنسز کیبن میں بہت دیر تک اِنتظار کرتا رہا۔ جب تک کہ اُسے رات کے لیے بند کر دینے کا وقت نہیں ہو گیا ــــ

وہ نہیں آئی!

دیوی دھند اور دُھندلکے

"دس سال کا عرصہ وقت کا ایک ادنیٰ
ساحصہ ہوتا ہے۔ مگر اتنے کم برسوں کی
گرد ہی نے اِس کہانی کے خدوخال کچھ
اِس طرح بگاڑ دیئے ہیں کہ آج پانچ میں
بہ مشکل تین یا سے پنج سمجھتے ہیں۔ ممکن ہے
چند سال بعد تین کا یہ ہندسہ بھی سکڑتے سکڑتے
دو، ایک اور بالآخر صِفر ہو کر رہ جائے۔
رام سنگھ ننگی اور اتلھورنا دیوی کی
پریم گاتھا اِس علاقے کی لوک کتھا بن جانی
چاہیے تھی، مگر ایسا ہوا نہیں۔ کمرتل کا نے
بیئر کا گلاس میز پر رکھ دیا میں نے اکثر سوچنا
چاہا ہے کہ ایسا کیوں نہیں ہوا۔ دراصل سچ کیا
ہے۔ کیا سچ وہی ہوتا ہے جو آدمی آنکھوں
سے دیکھے یا کانوں سے سنے! کبھی کبھی
آنکھوں دیکھی اور کانوں سنی بات بھی غلط یعنی
جھوٹ ہوتی ہے۔ ایک حادثے کو دو
آدمی دیکھتے رہیں، ایک ساتھ ایک ہی وقت
میں! حادثہ ظاہر ہے کہ ایک ہوتا ہے۔ مگر
اُسے دیکھنے والی نگاہیں ایک سی نہیں ہوتیں!
اِس حادثے کا حال دونوں اپنے اپنے
طور پر بیان کرتے ہیں۔ دونوں سچ کہہ
رہے ہوتے ہیں۔ مگر دونوں کے بیچ میں
فرق ہوتا ہے۔ کبھی معمولی کبھی خاصا بڑا۔ اب
الگ الگ رکھ کر دونوں کے بیانوں کا
تجزیہ کیجیئے تو آپ سوچیں گے کہ آپ ایک نہیں

دو الگ الگ قسم کے حادثوں کا ذکر سن رہے ہیں۔ مشترک نکات صرف وقت جائے وقوع یا حادثے کے کردار رہ جاتے ہیں۔ کس نے کس کو مارا؟ کیسے اور کس طرح مارا اور کیتنا مارا؟ کبھی کبھی تو ان بنیادی تفصیلات میں بھی فرق ہوتا ہے۔ ہر نظر کا تناظر وہ مخصوص ذہنی تربیت ہوتی ہے، جسے ہم شعور سے تعبیر کرتے ہیں۔ مثال کے طور پر ایک اُجڈ دیہاتی اور ایک شہری کے کسی منظر کو دیکھنے، پرکھنے اور سمجھنے کے زاویئے الگ الگ ہوتے ہیں ظاہر ہے ایسا ہونا ہی چاہیے۔"

میجر سندرم جواب تک نسبتاً خاموش بیٹھا ہوا تھا اور بیئر کے چھ سات گلاس چڑھا چکا تھا۔ بولا۔

"وہ دوپہر —— کیا میں کبھی اُس معجزہ کو بھول سکتا ہوں"

"کوئی تین بج رہے تھے، مگر ڈھانگ پر کام بدستور جاری تھا۔ میری فیلڈ کمپنی کے صوبے دار نے حکم دے رکھا تھا کہ اُس روز کا مقررہ شدہ کام نپٹا کر ہی سب لوگ کھانا کھائیں گے۔ اور کھانے کے ساتھ رم بھی ملے گی۔ اور پوری چھٹی بھی یعنی پوری خلاصی۔

ہوا یہ کہ صوبے دار اسی طرح کام لینے کا عادی تھا۔ خود جم کر کام کرتا۔ دوسروں سے بھی اُسی طرح جم کر کام لیتا۔ اِس طرح آٹھ گھنٹوں کا کام وہ اپنی ٹکڑی کے مزدوروں سے چار گھنٹوں ہی میں پورا کرا لیا کرتا تھا۔ کام ختم ہو جاتا تو سب کو گرما گرم کھانا مل جاتا۔ کھانے کے بعد یا تو مزدور وہیں گانے بجانے اور ناچنے میں مشغول ہو جاتے یا ڈیرے پر آرام کے لیے لوٹ جاتے۔ طریقہ اصولاً غلط تھا، مگر تھا بے حد موثر —— یہ مزدوروں میں مقبول بھی تھا۔

اُس روز اناپورنا دیوی میرے ساتھ سفر کر رہی تھیں۔ بھٹی پر پکتے ہوئے کھانے کو دیکھ کر انھوں نے جیپ رکوا دی۔ صوبے دار صاحب کو بلا کر پوچھنے لگیں۔

"آپ لوگوں کے کھانے کا کیا وقت ہے؟"

"ساڑھے بارہ سے ڈیڑھ بجے تک۔"

"اس وقت کیا بجا ہے؟"

"پونے تین"

"تو پھر کھانا کیوں نہیں پروسا گیا ابھی تک؟"

میں نے صوبے دار جرنیل سنگھ کا کام لینے کا انوکھا ڈھنگ اُنہیں سمجھایا تو وہ اور بھی ناراض ہوئیں۔ کڑک کر بولیں ـــــ دیکھو صوبے دار صاحب، آدمیوں کو بھوکے شیروں سے لڑانے والے رومن مرکھپ چکے ہیں۔ یہ ہماری تہذیب نہیں۔" پھر میری طرف مڑ کر بولیں۔

"میجر سندرم، آپ مجھے میس میں کھانا کھلانا چاہتے تھے نا! آیئے، آج اپنے اِن ساتھیوں کے ساتھ ہی کھا لیتے ہیں۔ بس پہنچتے پہنچتے چار بج جائیں گے اور مجھے بڑی بھوک لگ رہی ہے۔"

"سب لوگ کام چھوڑ کر ڈھانگ سے باہر آگئے۔ کھانا ختم ہوا ہی تھا کہ دُور سے گونجتی ہوئی تڑاک کی آواز آئی۔ جیسے کہیں بجلی گری ہو یا کوئی بم پھٹا ہو۔ آن کی آن میں سب کی نظروں کے سامنے پہاڑ کا سارا اوور ہینگ دھڑ دھڑ دھڑام آدھا سڑک پر، جہاں چند منٹ پہلے کام ہو رہا تھا۔ اور آدھا دریا میں جا گرا۔"

"سب انگشت بدنداں حیرت سے ایک دوسرے کو دیکھ رہے تھے۔ وہ دن اور آج کا دن، میرا یقین ہے کہ ٹکڑی کا ہر مزدور رانا پورنا دیوی کو ماں جگدمبا کا اوتار سمجھتا ہے۔"

"اور سروہ کھدرا ڈھانگ والا قصہ،" کیپٹن پوری نے جھجکتے جھجکتے یاد دلایا۔

میجر سندرم نے کرسی آگے بڑھالی۔"وہ میری زندگی کا ناقابل فراموش واقعہ ہے۔ ہمارے یونٹ کے لئے پہاڑ کا یہ حصہ ہمیشہ کیک کاٹنے کے مترادف رہا ہے۔ مٹی اور ریت کے اِس بظاہر بے ضرر تودے کو ہم نے کتنی بار کاٹا اور اُس پر سڑک تعمیر کی۔ مگر کچھ ہی ہفتوں میں معمولی آندھی چلنے سے پہاڑ کا یہ حصہ اپنی جگہ سے کھسکنے لگتا ہے۔ پہلے تھوڑی تھوڑی مٹی اُڑتی ہے پھر تودے کے تودے ایک دوسرے کی جکڑ سے آزاد ہو کر سرکنے لگتے ہیں۔ اور ہماری بہنوں کی محنت مٹی ہو جاتی ہے۔ ایک بار تو بریگیڈ کی پوری ایک درجن گاڑیاں اِس مٹی کے نیچے دب گئی تھیں۔ جو آج تک برآمد نہیں کی جا سکیں۔ اتنا نقصان مگر کوئی مرا نہیں۔ ڈرائیور بتاتے ہیں کہ سفید لباس میں ملبوس کوئی دیوی ایسی عورت اُن کے سامنے آکھڑی ہوتی تھی اور سب کو گاڑیاں چھوڑ کر بھاگ جانے کا حکم دے کر روپوش ہوگئی تھی۔ اکثر لوگ جی جان سے مانتے ہیں کہ وہ رانا پورنا دیوی ہی تھیں۔"

"اور وہ بارہ مزدوروں والی بات،" کیپٹن پوری نے مزید یاد دلایا۔

"ایک بار اِسی طرح پہاڑ کے سرکنے سے بارہ نیپالی مزدور نیچے دب گئے تھے۔ مجھے اچھی طرح یاد ہے سر۔ وہ منحوس خبر ہم نے آپ سے چھپالی تھی تاکہ آپ رات کا کھانا اطمینان سے کھاسکیں۔ کھانے کے بعد جب آپ نے بلاکر مجھ سے حادثہ کی تفصیل جاننا چاہی تھی تو میں واقعی حیرت میں رہ گیا تھا۔ آپ اُس روز دور اُوپر سے پیدل ریکی کر کے تھکے ہارے لوٹے تھے۔ مجھے معلوم نہیں کہ آپ کو کس نے خبر دی تھی۔"

کرنل کمار مسکرائے "مجھے سب یاد ہے۔ جس شخص کی کمان کے دس بارہ آدمی یوں زندہ دفن ہو جائیں وہ کھانا کیسے کھا سکتا ہے۔ اناپورنا دیوی نے مجھے پہلے ہی بتادیا تھا کہ اِس قسم کا حادثہ ہونے والا ہے۔ مگر کوئی جانی نقصان نہیں ہوگا۔"

دوسرے دن صبح سویرے ہی ہم نے تین بل ڈوزر کام پر لگادیئے اور چند ہی گھنٹوں میں ساری نئی مٹی ہٹادی گئی۔ مٹی کے نیچے ایک بہت بڑی چٹان نکل آئی جو ظاہر تھا کہ طوفان کے زور سے دوسری مٹی اور ریت کے ساتھ نیچے سرک آئی تھی۔ اتنی بڑی چٹان کو صرف ڈائنامائٹ سے ہی توڑا جاسکتا تھا۔ ابھی ہم اِس قسم کی تدبیروں پر غور ہی کر رہے تھے کہ لیفٹیننٹ حبیب نے ہمیں بتایا کہ چٹان کے پیچھے عجیب وغریب قسم کی چیخوں کی دبی دبی آوازیں آرہی ہیں۔ ہمارے آدمیوں نے چٹان کے آس پاس اور نیچے سے مٹی کھودنی شروع کردی۔ چند ہی منٹوں میں ایک خاصا بڑا سوراخ نکل آیا، جس کے اندر درجن بھر لاشیں دکھائی دیں۔ ایک ایک کر کے ہم نے سب کو باہر نکالا۔ سب کے منہ پر پانی چھڑکا۔ جسموں کو زور زور سے مَلا۔ سارے کے سارے زندہ تھے۔ ہوش آنے پر سب سے کم عمر مزدور نے کہا "انہیں بھی تو نکالیے۔"

"ابھی اندر کوئی اور بھی ہے؟"

"بہن جی ـــــ اُن کا ساتھ نہ ہوتا تو ہم سب دم توڑ دیتے۔"

"ہم سب نے دیکھا کہ اِس بڑی چٹان اور پہاڑ کی جبلی دیوار کے مابین خاصا گہرا بڑے غار میں ایسا شگاف بن گیا تھا جس کی وجہ سے وہ چند جانیں کسی طرح پندرہ سولہ گھنٹے جی پائی تھیں۔"

بڑے فخر سے لیفٹیننٹ حبیب کی پیٹھ ٹھونک کر کرنل کمار اُٹھ کھڑے ہوئے۔ "اُس واقعہ کے بعد اُن بارہ مزدوروں کے علاوہ میرے ٹاسک فورس کا ایک ایک فرد جی اور

غیر فوجی معمولی کارندے سے لے کر بڑے سے بڑے افسر تک جس میں یہ نیک مرد بھی شامل ہے۔ اناپورنا دیوی کا بھگت ہو گیا۔"

"یہ پہاڑی لڑکی یقیناً کوئی دیوآتما تھی سر،" کپتان پوری بتلانے لگا۔ "ایسے کتنے ہی اور چھوٹے بڑے قصے بھی ہیں سر۔"

اپنے کمانڈر کو ہنسنے کے موڈ میں پا کر لیفٹیننٹ حبیب نے بات جاری رکھی۔ "آپ کو وانگٹو برج والی اُس چٹان کا قصہ بھی تو یاد ہو گا سر۔ جو اچانک بیٹھ گئی تھی۔"

کرنل صاحب: "ارے واہ حبیب میاں یاد کیوں نہیں ہے۔ ہم خود وہاں موجود تھے پھر کمشنر جوال کی طرف دیکھ کر بتانے لگے۔

"نیپالی گورکھوں کی ایک ٹولی جس میں دو عورتیں اور بیس کے قریب مرد تھے، مدتوں سے اِس چٹان کے سائے میں پناہ گزین تھے۔ پہاڑ سے باہر کی طرف لٹکتی ہوئی یہ چٹان کچھ ایسے کھڑی تھی کہ اِس کے نیچے ایک خاصا بڑا غار نما خلا بن گیا تھا جسے چند پرانی بوریوں سے ڈھک کر باہر کے موسم سے محفوظ ہوا جا سکتا تھا۔"

"مرد کام پر جاتے اور یہ عورتیں کھانا وغیرہ بناتیں۔ ہم نے اِنہیں بھی مسٹر رول پر رکھا ہوا تھا۔ یہ ٹولی بہت اچھا کام کرتی تھی۔"

سیکٹر کمانڈر بڑا دِلدار افسر تھا۔

"یہ عورتیں بڑے کام کی چیز تھیں سر۔ اِنہیں کی وجہ سے یہ ٹکڑی سردیوں میں بھی کام چھوڑ کر نہیں جاتی تھی بیچاری اتنے جوان اور جفاکش مزدوروں کو نپٹائیں یا روٹی کوٹیں۔"

"ایک دن بہت صبح سویرے ہی اِن دو میں سے ایک عورت جو نسبتاً کم عمر کی تھی، اچانک ہڑبڑا کر اُٹھ بیٹھی تھی اور چلا چلا کر اپنے ساتھیوں سے چٹان کے نیچے سے باہر نکل بھاگنے کی تلقین کرنے لگی۔ ایک ایک کر کے سب اُٹھ گئے۔ جو رات کو بہت پی گئے تھے اُنہیں گھسیٹ کر باہر نکالا گیا۔ جب سب باہر نکل آئے اور سارا سامان بھی باہر آ گیا تو چٹان میں ایک ہلکی سی جنبش ہوئی اور سب کی آنکھوں کے سامنے وہ دھیرے دھیرے سرکتی سرکتی بالآخر زمین دوز ہو گئی۔"

"نیپالی گورکھے جو ہمارے سب سے اچھے مزدور ہیں، تب سے اناپورنا دیوی کے بھگت

بنے ہوئے ہیں۔ اِس عورت نے بتایا کہ اناپورنا دیوی اُس کے خواب میں آئی تھیں۔ انھوں نے ہی اُسے آنے والی افتاد کے بارے میں آگاہ کیا تھا۔"

"موؤں کو دِن بھر کی تھکاوٹ اُتارنے کا بس ایک ہی طریقہ سمجھ میں آتا ہے۔ میں اس رات بری طرح لتاڑی گئی تھی اور شاید خواب کو محض خواب سمجھ کر یوں ہی بیٹھی رہتی مگر انہوں نے تو جیسے چوٹی سے پکڑ کر مجھے اُٹھا دیا تھا۔"

"اناپورنا دیوی اپنے علاقے اور اپنے لوگوں میں پہلے ہی ایک معمولی عورت رہی ہوں۔ مگر ہمارے لیے۔۔۔ اب تو خیر اُن کے اپنے لوگ بھی اُن کی عظمت کو تسلیم کرتے ہیں۔"

"اناپورنا مندر کو سونپی ہوئی۔ پجاریوں کی درو پدی۔ علاقے کے فارسٹ آفیسر کی صحبت میں رہ کر خاصی پڑھ لکھ گئی تھیں۔ ایسی عورتوں کی اُن دنوں شادی نہ ہو سکتی تھی۔ مندر کو سونپی ہوئی عورت کسی معمولی آدمی کی بیوی بن کر نہیں رہ سکتی۔ رام سنگھ نیگی بڑا افسر تھا۔ مگر خدا یا خدا کا پادری تو نہ تھا۔ اُن کی موت کے بعد پجاری تک نے اعتراف کیا کہ وہ اُس کی ہر قسم کی کوشش کے باوجود کنواری تھیں۔ اے کاش میں نے خود اُسے اپنے ہاتھوں نیگی کے حوالے کر دیا ہوتا!"

"وہ ایک سنیاسن کی طرح گاؤں گاؤں گھوما کرتیں۔ فوجی کیمپوں میں جانے سے کبھی خوف نہ کھاتیں، فوجی اُن کا احترام کرتے تھے۔ وہ اُنہیں اِن پہاڑوں کی دیوی مانتے تھے۔ وہ سچ مچ ایک دیوی تھی، جس کو سامنے پا کر ہر کوئی احتراماً جھک جاتا تھا۔

میں نے خود اپنی نگرانی میں رام سنگھ کی لاش ستلج کے برفیلے پانی سے نکلوا کر اناپورنا دیوی کے سپرد کی تھی۔ میں نے خود تو وہ منظر نہیں دیکھا، مگر آس پاس کے درجنوں مرد عورتیں اور خود میرے اپنے ٹاسک فورس کے کئی جوان موجود تھے، جب اناپورنا دیوی نے بڑے اہتمام سے دریا کے کنارے اُن کی چتا تیار کروائی اور خود اپنے ہاتھوں سے اُسے آگ لگا دی۔ جب آگ پوری طرح بھڑک اُٹھی اور لوگ بھڑکتے شعلوں سے پرے ہٹ گئے تو وہ سب کے سامنے، سب کے دیکھتے دیکھتے اُس میں کود کر ستی ہو گئیں۔ کوئی مائی کا لال آگے نہ بڑھا نہ کوئی واویلا ہی ہوا۔ ہر گردن احترام سے جھک گئی تھی۔..

"ہمارے اِس دور میں ستی کی رسم بے معنی ہو گئی ہے۔ مگر جہاں اور جب کوئی عورت

اپنے پتی کے ساتھ ستی ہوتی ہے، ہم اُسے معمولی واقعہ کہہ کر درگزر نہیں کر دیتے بلکہ عقیدت سے سر جھکا کر آنسوؤں کا نذرانہ پیش کرتے ہیں۔

میجر سندرم جواب تک چپ چاپ بیٹھا تھا اپنے کمانڈر کو ساری کہانی کہہ چکنے کے بعد چپ ہوتے دیکھ کر کہنے لگا۔

"آپ کو تو معلوم ہے سر کہ کس طرح ہم پورے دو سال اُس ڈھانگ سے لڑتے رہے۔ درجنوں بار سڑک کاٹی اور درجنوں بار کھودی۔ ہر بار کسی نہ کسی وجہ سے پہاڑ کا باہر کو نکلا ہوا حصہ کسی نہ کسی سبب سے گر جاتا۔ اور سڑک نیچے دب جاتی، مگر اُس نیک ساعت کے بعد جب جوانوں نے باہمی مشورہ سے یہاں انا پورنا دیوی کا مندر بنایا تو آس پاس اور اُوپر کی چٹانیں چند ہی دنوں میں اِدھر اُدھر بکھر کر کچھ ایسے جم گئیں کہ خود بخود ایک پکا راستہ نکل آیا۔ پچھلے دس سال سے ڈھانگ کے نیچے سے گزرتی ہوئی سڑک جوں کی توں قائم ہے۔۔۔

" جب کبھی باہر کے لوگ اِس نیم سرنگ کو ایسی نفاست سے کاٹنے کے لیے سرحدی سڑکوں کی انجینیرنگ کا کمال کہہ کر ہماری پیٹھ ٹھونکتے ہیں تو ہمارے سر احترام سے کسی کی یاد میں جھک جاتے ہیں۔ ہم فوجی جب کبھی اِس راستہ سے گزرتے ہیں، مندر کے آگے دو منٹ کو ضرور رکتے ہیں، ڈر یا خوف سے نہیں۔ احتراماً ـــــ دلی احترام سے۔۔

کمشنر جیال نے کہا: "تو رام سنگھ نیگی انا پورنا کا شوہر نہ تھا۔۔

" سگریٹ کو حقارت سے پیروں تلے کچلتے ہوئے میجر سندرم نے ٹوکا۔ انا پورنا نہیں، انا پورنا دیوی۔ آپ کی سرکاری کتابوں میں وہ بھلے میاں بیوی نہ ہوں، مگر ہماری نگاہوں میں وہ پتی پتنی تھے۔ شو پاروتی۔"

کمشنر جیال نے میجر کے غصہ کو نظر انداز کرتے ہوئے بیئر کی دسویں بوتل کا کاگ اُڑایا اور مگ بھر کر کرنل کمار کو تھما دیا ۔

"آپ حضرات کی کہانی آپ کی نہیں، اِس علاقے کے دوسرے کئی حضرات کی چہیتی داستان ہے۔ مجھے البتہ اعتراف ہے کہ جس قسم کا احترام میں نے اُن کے لیے فوجیوں میں دیکھا ہے۔ وہ اُن کے اپنے لوگوں میں دیکھنے میں نہیں آتا۔ سوائے مندر کے بوڑھے پجاری کے جو آپ ہی کی طرح انہیں اِس علاقے کی دیوی مانتا ہے اور اپنے کئے پر آج تک

پشیمان ہے۔

''اس کہانی سے تعلق زاویہ ہمارا بھی ہے جو اس کہانی کو ایک قطعی نیا موڑ دیکر پُراسرار اور مافوق الفطرت بنا دیتا ہے۔

کرنل کمار اور اُن کے ماتحت افسران نے اپنے میزبان کی بات سُن کر ایک دوسرے کو معنی خیز نظروں سے دیکھا اور مُسکرا دیئے۔

کمشنر نے فوجی افسروں کی نگاہوں میں جھلکتے طنز کو نظرانداز کرتے ہوئے کہنا شروع کیا۔

آپ جانتے ہیں کہ ہم حکومت ہند ایڈمنسٹریٹو سروس کے خاصے بڑے اور جانے مانے رکن ہیں، مگر بہت کم لوگ جانتے ہیں کہ ہم ایک اچھے فوٹوگرافر اور خاصے کامیاب ادیب اور صحافی بھی ہیں۔ کہانیاں لکھنا ہمارا محبوب مشغلہ ہے لیکن ہم آپ کو جو کچھ سُنانے والے ہیں وہ ہمارے افسانوی ذہن کی اِختراع نہیں۔ افسانہ نہیں، حرف بہ حرف صحیح واقعہ ہے۔''

اِس سے پہلے کہ وہ کچھ کہتے، دروازے پر دھیمی سی دستک سُن کر رک گئے۔ نووارد نے ڈپٹی کمشنر صاحب کا ہیڈ کلرک رام لال تھا۔ جسے سبھی لوگ جانتے تھے۔

مہتہ جی کے پی اے کا ٹیلی فون تھا۔ وہ جیوری سے گیارہ بجے چل دیئے تھے یعنی اب پہنچنے ہی والے ہیں۔

رام لال کو رخصت کر کے کمشنر صاحب گویا ہوئے ''اس سرحدی علاقے کے لوگوں نے اپنے ناموں میں بڑی ترمیمات کی ہیں اکثر لوگ اپنے ناموں کے آگے یا پیچھے رام یا کرشن لگا کر دیوتاؤں کے ناتی بن جاتے ہیں۔

کرنل کمار مسکرائے ''یہ ہماری بھوک بھومی ہے۔ ایسا کرنا مناسب ہی ہے'' سُندرم نے وضاحت کی ''یہاں موت اور زندگی دونوں دیوں کی برکت سے ہیں کوئی نہیں جانتا کہ کون پتھر کب اور کہاں سے لڑھکتا ہوا آجائے اور کسی کی جان چلی جائے''

کرنل کمار بولے ''میں اکثر کہا کرتا ہوں کہ اگر کسی پتھر پر تمہارا نام لکھا ہے تو تمہیں جانا ہی جانا ہے''

کمشنر جیال نے اس نئے موڑ میں بہنا مناسب نہ سمجھا۔ وہ اپنی کہانی کہنے کے لئے بے قرار تھے۔

"وہ بڑی ہی تاریک اور ڈراؤنی رات تھی۔ تین دن کی مسلسل بارش نے قومی شاہراہوں کا ستیاناس کر دیا تھا۔ سڑک جگہ جگہ سے اُکھڑ گئی تھی۔ اور اس میں جا بجا گڑھے پڑ گئے تھے۔ گاڑی چلانا مشکل ہو گیا تھا۔ اُوپر سے دسمبر کی برفیلی سردی۔ جیسے ہی ہم اس فارسٹ ریسٹ ہاؤس کے قریب پہنچے ڈرائیور نے ڈرتے ڈرتے مشورہ دیا کہ آگے بڑھنے کی بجائے رات ہم یہیں ٹھہر جائیں۔ جیپ کو ریسٹ ہاؤس کے احاطے میں کھڑا کر کے ہم باہر نکلے تو دیکھا کہ ریسٹ ہاؤس کے تینوں کمروں پر تالے پڑے ہیں۔ اور برآمدے کی روشنی بھی گُل ہے۔"

"ڈرائیور چوکیدار کے کمرے میں گیا، مگر وہاں بھی کوئی نہ تھا۔ ابھی ہم اسی ادھیڑ بن میں تھے کہ اچانک ایک کمرے کا دروازہ کھلا اور ایک صاحب شب خوابی کے لباس میں باہر برآمدے میں تشریف لے آئے۔ میں ان حضرت کی موجودگی کو صرف محسوس کر سکتا تھا مگر انہیں دیکھ نہ سکتا تھا۔ اندھیرا خاصا گہرا ہو چلا تھا۔ اچانک آواز آئی "ارے کمشنر صاحب، حضور، آپ اس وقت یہاں!"

"لگاتار بارش کی وجہ سے سڑک جگہ جگہ چھوٹے بڑے پتھروں سے اٹی پڑی ہے۔ ہر دس بارہ گز پر گڑھا پڑ گیا ہے۔ آگے کا راستہ اور بھی دشوار ہو گا۔ یہی سوچ کر ہم نے طے کیا ہے کہ اس اندھیری رات اور برفیلی یخ فضا میں مزید بھٹکنے کی بجائے رات بھر یہیں رُک جائیں۔ مگر دیکھتا ہوں یہاں تو کوئی بھی نہیں۔"

"کیوں! کیوں نہیں حضور۔ آپ کا یہ خادم تو ہے آپ نے بہت اچھا کیا۔ تین میل کے بعد راستہ بالکل بلاک ہے۔ آپ جاتے بھی تو لوٹ کے آنا پڑتا۔"

ہم نے ذرا جھجک کر اعتراف کیا "ہم نے آپ کو پہچانا نہیں۔"

"اس رات کے اس اندھیرے میں کون کس کو پہچان سکتا ہے۔ میں نیگی ہوں حضور، والا —— رام سنگھ نیگی۔ منڈی کا فارسٹ آفیسر۔"

ابھی تک ہم نے ایک دوسرے کو دیکھا نہ تھا۔ اور اغلب تھا کہ ہماری یہ رسمی گفتگو کچھ دیر اسی طرح جاری رہتی کہ دُور سے لالٹین لئے ایک بوڑھا آدمی باہر سے ریسٹ ہاؤس کی طرف آتا دکھائی دیا۔ یہ چوکیدار تھا۔ آتے ہی بولا "صاحب جی، مجھے معاف کرنا۔ بجلی فیل ہو جانے کی وجہ سے لالٹین میں تیل ڈلوانے اور یہ بوتل بھروانے بازار چلا گیا تھا

پھر کھلے دروازے کی طرف دیکھ کر قدرے خفگی سے بولا۔ "دروازہ کس نے کھولا۔"
چوکیدار کے اِس جملہ نے ہمیں یاد دلایا کہ جیپ کی ہیڈ لائٹ میں ہم نے بھی دیکھا تھا کہ سب دروازے مقفل تھے۔"

نیگی صاحب نے بلاجھجک فرمایا۔ "دروازہ میں نے کھولا ہے رام چند۔ بلکہ میں نے بھی نہیں۔ دروازے کو ہاتھ ہی لگایا تھا کہ کھل گیا۔ تم ساتھ والا دروازہ باہر سے مقفل کر کے غالباً بھول گئے تھے کہ اِس دروازے کی چٹخنی بھی اندر سے چڑھانی ہے ـــ تمہاری بھول سے ہماری جان بچ گئی، ورنہ اِس سردی میں جم گئے ہوتے۔"

چوکیدار ذرا اُڈھیلے پڑتے ہوئے مسکرایا۔ "بھول سب سے ہو جاتی ہے صاحب۔ اب دیکھئے نا میں لالٹین میں تیل تو ڈلوا لایا اور یہ خالی بوتل بھی بھروا لایا، مگر چابیوں کا گچھا بنئے کی دوکان پر ہی چھوڑ آیا۔ اب لوٹ کر لینے جاؤں بھی تو کچھ نہ ہوگا۔ وہ دوکان بند کر کے گھر جا ہی رہا تھا کہ میں پہنچ گیا یہ سامان لینے۔ اب وہ کہاں ملے گا۔ رات آپ دونوں صاحبان کسی طرح اِسی ایک کمرے میں گزار لیں تو تالے نہ توڑنے پڑیں گے۔" پھر تیل کی بوتل دکھاتے ہوئے بولا۔ "میں کمرہ ابھی جگمگائے دیتا ہوں۔"

"ہم نے دیکھا کہ چوکیدار بڑھاپے کے باوجود بے حد پھرتیلا تھا۔ ہر کام بھاگ بھاگ کر کرتا تھا۔ منٹوں میں اُس نے ٹیبل لیمپ میں تیل ڈال کر جلا دیا۔ ڈرائیور سے مل کر ہمارے بستر لگا دیئے۔ فائر پلیس میں آگ جلا دی اور ناشتے کے لیے چائے کے علاوہ آلو کی سبزی اور کرکرے پراٹھے بھی بنا لایا۔ اس کی گھر والی پراٹھے تلتی جاتی تھی اور وہ ہمیں بھاگ بھاگ کر پروستا جاتا تھا۔ ہم دونوں نے کم از کم چھ چھ پراٹھے کھائے ہوں گے اُس رات۔"

"یہ تمہاری گھر والی اب تک کہاں تھی؟" یکایک ہمیں یاد آیا تھا کہ جب ہم اِدھر پہنچے تھے تو اس کے کمرے کو بھی خالی ہی پایا تھا۔

"ایک دم چھوئی موئی ہے صاحب! میں ڈھونڈتا رہوں تو بھی نہیں ملتی اور جب ملتی ہے تو اپنے آپ مِل جاتی ہے۔ بتا رہی تھی کہ جب آپ کا ڈرائیور ہمارے کمرے میں گیا تھا، وہ وہیں تھی۔ مگر فوجی لباس میں ملبوس اس لمبے چوڑے اجنبی کو دیکھ کر ڈر گئی تھی اور وہیں کونے میں دبکی پڑی رہی تھی اور اُس بےچارے نے اندھیرے کی وجہ سے سمجھا تھا کہ کمرہ خالی ہے۔"

ڈرائیور کا ذکر آیا تو ہم نے پوچھا "ہمارا ڈرائیور کہاں ہے؟ اسے بھی کھانا دیا ہے کہ نہیں؟" "وہ گاڑی لے کر نیچے بازار میں چلا گیا ہے۔ کہتا تھا وہیں کھا لوں گا۔"

ہمیں اچھا نہیں لگا، مگر نیگی صاحب نے یاد دلایا کہ بازار میں درجنوں ایسی گاڑیاں کھڑی ہیں اور ٹھیکہ رات بھر کھلا رہتا ہے۔ موج میلہ کر رہا ہوگا۔ میرا اپنا ڈرائیور بھی وہیں ٹھہرا کرتا ہے۔ آدمی اپنے سماج میں ہی خوش رہتا ہے۔

جو تھا پراٹھا ہاتھ میں لیتے ہوئے ہم نے کہا "کیا پراٹھے بنائی ہے تمہاری گھر والی رام چندر جی اور یہ آلو کی بھاجی بھی بہت عمدہ ہے۔"

"گھر کے دیسی گھی میں بنی ہے نا صاحب۔ سارے مسالے دستیاب ہوتے تو آپ مدتوں ذائقہ نہ بھولتے۔"

"میری بڑھیا بھیم کی بیٹی ہے۔ بھیم سین جو رام پور کے راجہ جی کا رسوئیا تھا۔ کیا آدمی تھا صاحب! ایک دم مہابھارت کے بھیم کی طرح لحیم شحیم، تندرست اور توانا۔ کھانا بھی وہ پانڈو راجکمار جیسا ہی بناتا تھا۔"

"بھیم کے کھانا کھانے کی کہانیاں تو ہم نے سنی ہیں، مگر یہ نہیں جانتے کہ وہ کھانا بنانے میں بھی ماہر تھا۔"

"واہ صاحب، کیا آپ کو معلوم نہیں کہ پانڈوؤں نے اپنے بارہ سالہ بن باس کا آخری سال مہاراج دروپد کی ملازمت میں گزارا تھا۔ بھیم، راجہ کا رسوئیا بن کر رہا تھا۔ وہ کھانا بنانے کی کلا میں ماہر تھا۔ جبھی تو رسوئیا بنا تھا اور وہ بھی ایک بڑے پراکرمی راجہ کا۔"

"نیگی صاحب مسکرائے "تمہیں مہابھارت کی کہانیوں کا اچھا گیان ہے رام چندر۔"

"میں اُسی یگ کا آدمی ہوں صاحب۔ مگر میرا نام آپ کو کس نے بتایا۔"

"یہ فارسٹ ریسٹ ہاؤس ہے۔ ہم اپنے محکمے کے ہر اچھے کرمچاری کا نام جانتے ہیں۔"

"اور آپ؟"

"ہمارا نام رام سنگھ ہے۔ رام سنگھ نیگی۔"

"آپ نیگی صاحب ہیں؟" نہ جانے کیا سوچ کر وہ ایک دم رُک گیا اور پراٹھے رکھ کر لوٹ گیا اپنے کمرے میں۔

تھوڑی دیر بعد لوٹا تو اس کی بیوی بھی اُس کے ساتھ تھی۔
"میری گھر والی ہے صاحب! آپ نے کھانے کی تعریف کی تھی نا یہ خود اپنے کانوں سے سُننا چاہتی ہے۔"
ہم نے دس دس کے دو نوٹ بڑھیا کو پیش کرتے ہوئے کہا "یہ ہمارا اندرانہ ہے آپ واقعی بہت عمدہ کھانا بناتی ہیں"
"کھانا بنانا بھی ایک کلا ہے" نیگی صاحب نے کہا۔ بڑھیا ایک ٹک اُنہیں دیکھے جا رہی تھی۔ پھر اپنے شوہر کی طرف دیکھ کر سر ہلایا۔ جیسے کہہ رہی ہو "بالکل وہی ہیں"
رام چندر اور اُس کی پتنی کے چلے جانے کے بعد ہم دوسری قسم کی باتوں میں مشغول ہو گئے۔ اور گھنٹوں بیٹھے اپنے اپنے محکمے کی خصوصیات اور برائیاں جانچتے پرکھتے رہے۔ علاقے کی سیاست، اس کے مخصوص کلچر، قومی اور بین الاقوامی خبروں کا چرچا بھی ہوا۔
یکا یک نیگی صاحب جو ابھی تک لیٹے لیٹے باتیں کر رہے تھے، اُٹھ کر بیٹھ گئے۔
"کیا آپ نے کبھی محبت کی ہے کمشنر صاحب؟"
"ہر کوئی محبت کرتا ہے۔ ہم نے بھی کی ہے۔ نتیجتاً چار فرشتوں ایسے بچوں کے باپ ہیں"
"میں محبت کی بات کر رہا تھا حضور، شادی کی نہیں"
"جس سے شادی کرتے ہیں، اُس سے محبت بھی تو کر سکتے ہیں"
"ضرور کر سکتے ہوں گے۔ مجھے اِس کا تجربہ نہیں۔ میں نے کئی بار محبت کی ہے۔ مگر شادی کبھی نہیں کی۔ اِس جنم میں کیا کسی جنم میں بھی نہیں۔ جنم جنمانتر سے ہم پیار کر رہے ہیں۔ شادی ہماری کسی جنم میں نہیں ہوتی۔"
اب ہم بھی اُٹھ کر بیٹھ گئے۔ نیگی دلچسپ آدمی ہے۔ ہم نے سوچا۔
اپنے سرہانے کے نیچے سے چاندی کے نازک سے فریم میں مڑھی ایک رنگین تصویر ہماری طرف سرکاتے ہوئے بولے: "اسے دیکھتے ہیں؟"
"یہ کوئی جانی پہچانی صورت ہے؟"
ہے نا۔ یہ ایک شاہکار تصویر ہے، ایک ایسی تصویر جس سے ساری دنیا مانوس ہے۔

غالباً کسی مشہور پینٹنگ کی کامیاب رپی پروڈکشن۔
"میلوں سے بھاگتے اڑتے وقت کے لامتناہی تسلسل سے یہی ایک شے ہے، جسے میں کسی طرح بچا کر اپنے لیے محفوظ رکھ سکا ہوں۔ یہ انا پورنا کی تصویر ہے۔ بظاہر معمولی مگر میرے لئے ایک ایسی یاد کی شبیہہ جس میں میری سینکڑوں ناکام زندگیوں کے سارے رنگ، ولولے، امنگیں اور آرزوئیں سمٹ آئی ہیں۔ مغرب میں لوگ اسے مونا لیسا کہتے ہیں۔ مصور کا نام تک طے ہے۔ لیونارڈو ڈاونچی۔ ایک اطالوی نام ہے۔ میری انا پورنا کو مونا لیسا کہنے سے اس کا دیس اور بھیس بدل جائے گا۔ یہ ایک بھارتیہ لڑکی ہے تصویر کو ایک نظر دیکھ کر ہی نام اور نام والی یعنی لفظ اور معنی کا رشتہ سمجھ میں آ جاتا ہے۔ اَن اپورن ا۔"

"انا پورنا دیوی آپ کی!"

"میں نے عرض کیا نا کہ میں نے کبھی شادی نہیں کی۔ راہِ محبت میں ہم دونوں ہمیشہ راسخ، ثابت قدم اور ایک دوسرے کے وفادار رہے ہیں۔ ہر زندگی میں ہر عہد میں، ہر یگ میں، ہمارا رشتہ کوئی ایک یا دو یا دس بیس زندگیوں اور جنموں کا نہیں، ازلی اور ابدی ہے۔ اگر کسی جنم میں ہماری شادی ہو جاتی تو ہم جنم مرن سے آزاد ہو جاتے مگر ہماری قسمت کے ستارے بدستور گردش میں ہیں۔ پھر بھی مطمئن ہیں۔

محبت بڑی لطیف شے ہے کمشنر صاحب! بے حد پُر لطف۔ محبت اس نٹ کھٹ زندگی کے گرم اور شیتل پانیوں کو اپنی چھاتیوں کی خوب صورت اور مضبوط گولائیوں میں جکڑے رکھنے کا بھرپور دم رکھتی ہے کمشنر صاحب۔

آپ ساحل اور سمندر کے رشتہ کو تو سمجھتے ہیں نا! کیسے خود کٹ پھٹ کر بھی بیچارہ ساحل کھلنڈرے سمندر کی ہر ادا کو جھیلتا ہے۔ ہر طوفان کی موج کا خندہ پیشانی سے خیر مقدم کرتا ہے — محبت ساحل ہے۔ کچھ ایسی ہی چیز ہے محبت۔"

ہم نے کچھ دیر چپ رہ کر کہا — آپ ایک اچھے خاصے عہدے دار ہیں۔ خاصے پڑھے لکھے ذہین اور صحت مند انسان ہیں۔ کوئی بھی لڑکی . . . ."

"ایسا ہو جاتا تو ہماری کہانی بھی تو ختم ہو جاتی۔"

ہم نے مسکرا کر کہا "شادی خانہ آبادی ہی نہیں، کبھی کبھی خانہ بربادی بھی۔

ھوتی ہے۔ یہ ایک سونے کی زنجیر ہے۔ مرد کے لئے پھندہ۔ عورت کے لئے طوقِ غلامی۔"

وہ عورت ہے اور نہ ہیں مرد ــــ وہ تو ایک اپسرا ہے۔"

"اور آپ سورگ کا کوئی فرشتہ۔"

"آپ کہے ہیں ــــ مگر آپ کی بات واقعی سچی ہے۔ محبت کرنے والوں کی اصلی آماجگاہ دراصل سورگ ہی ہے۔"

"ہم نے اِس دھرتی پر جا بجا سورگ بکھرے دیکھے ہیں۔"

ہماری شادی ہو جاتی تو ہمارا گھر بھی ایک سورگ ہوتا ــــ مگر ــــ کہانی ختم ہو جاتی۔ محبت کی کہانی کبھی ختم نہ ہونی چاہئے۔ محبت کرنے والے بڑے لالچی ہوتے ہیں کمشنر صاحب! اپنی کہانی کو انجام تک لے آنا انہیں کبھی گوارا نہیں ہوتا۔ ہم جب جب اِس دھرتی سے لوٹے، دیوتاؤں اور سورگ کی اپسراؤں نے پھولوں سے ہمارا استقبال کیا۔ جب جب ہمیں مقدروں کے خدا کے حضور میں پیش کیا گیا۔ اُس کا فیصلہ ہر بار وہی رہا۔

"انا پورنا تم عورت ہو۔ تخلیق کی ساری رعنائیوں سے بھرپور۔ ایک مکمل اپسرا۔ تم نے دھرتی پر جا کر اپنا دھرم نہیں نبھایا اور اُسی لباس میں لوٹ آئیں جس میں گئی تھیں۔ بھرپور جی کر اور پوری طرح داغ دار ہو کر زمین پر اپنا ثانی چھوڑ کر لوٹتیں تو ہم بھی تمہیں اِن سادہ لوح دیوتاؤں کی طرح خوش آمدید کہتے۔

اور تم رام سنگھ۔ تم نے پھر مرد کی مریادہ توڑی ہے۔ ہم تمہیں کوئی تیسری جنس بنا کر ہی زمین پر پھنکوا سکتے تھے۔ ہم نے بار بار تم پر رحم کھایا۔ تمہیں پھر جانا ہے۔ انا پورنا پانچ سال بعد جائے گی۔

خدائے مقدر کے غصے میں نفرت و حقارت نہیں ہوتی۔ جھوٹ موٹ کی بناوٹی خفگی ہوتی ہے۔ جسے وہ دیولوک کے سارے باسی جانتے ہیں۔ محبت کا نام مٹانے یا چھوٹا کرنے کا اُن کا ارادہ نہیں ہوتا۔ یہ بھید ہم نے جان لیا ہے۔ البتہ یہ بھی درست ہے کہ اُن کا کوئی بندہ حالات سے ہار کر جان دے دے تو یہ انہیں اچھا نہیں لگتا۔ مگر دو عاشقوں کی ناکامیِ عشق کی وجہ سے خودکشی کر لینا انہیں کبھی بُرا نہیں معلوم ہوا۔ چونکہ اِن حالات کے ذمہ دار وہ خود ہوتے ہیں۔ لہٰذا ہر ایسی موت پر شرمسار ہوتے ہیں۔

اب ہم کچھ بور ہونے لگے تھے۔ ہم نے جھنجلا کر پوچھا۔
"اناپورنا کہاں ہے؟"
"آپ کے ہاتھ میں!"
"میرا مطلب تھا!"

اور آسمان کی طرف اشارہ کر کے انہوں نے آنکھیں موندلیں۔ "اپنے آبا کی اسی پرانی حویلی میں، جہاں سے ہم سب اس دھرتی پر اپنی اپنی باری سے بھیجے جاتے ہیں۔"

ہمیں آدمی کچھ تصیٔر ڈیکل اور خبطی سا لگا۔ کیا سنک تھی۔ ہم نے تصویر لوٹاتے ہوئے اُن کی طرف دیکھا۔ کچھ ایسے کر دیکھ کر انہوں نے آنکھیں پھر موندلیں۔ جی چاہا کہ پوچھوں کہ وہ نہیں رہی تو آپ کیسے زندہ ہیں مگر بات بڑھانے کا حوصلہ نہ ہوا۔ ہم نے محسوس کیا کہ اب مزید کچھ کہنے کے موڈ میں وہ بھی نہیں ہیں۔ لہٰذا شب بخیر کہہ کر ہم نے پائنتی بدل لی۔ دن بھر کے تھکے ہوئے اور پیٹ بھر کھائے ہوئے تو تھے ہی۔ آن کی آن میں سو گئے۔

دوسری صبح ہم جاگے تو دیکھا نیگی کا بستر خالی ہے۔ نہ صرف خالی بلکہ ایسے سلیقے اور نفاست سے سجا سنوارا اور تنا ہوا۔ گویا ابھی ابھی نئی دُھلی اور باقاعدہ استری کی ہوئی چادر سے تیار کیا گیا ہو۔ چادر ایسی کہ نئے ڈٹرجنٹ کا اشتہار لگے۔ کہیں کوئی بَل نہ تھا۔ ہم دل ہی دل میں نیگی صاحب کے سونے کے انوکھے ڈھنگ کی تعریف تو کر ہی رہے تھے، ساتھ ہی اُن کے باتھ روم سے آنے کا انتظار بھی۔ مگر جب کافی دیر تک باہر نہ آئے تو لاچار اُٹھ کر ہم نے دروازے پر ہلکی سی دستک دی۔ جواب نہ پا کر ہم نے ویسے ہی دروازے کو کھٹکھٹانے کی غرض سے چھوا، وہ کھل گیا۔ اندر کوئی نہ تھا۔ باتھ روم بھی ایک دم صاف شفاف تھا۔ پانی کی ایک بوند بھی نہ اِدھر نہ اُدھر دکھائی دی۔ ہم نے سوچا پہاڑی آدمی ہیں۔ صبح کی تازہ ہوا خوری کے لیے باہر نکل گئے ہوں گے۔ لہٰذا اپنی کاہل طبیعت کو کوستے ہوئے ہم باتھ روم میں گھس گئے۔ روزمرہ کی ضروریات سے کسی طرح فارغ ہو کر ہم باہر آئے تو ہماری نظر اپنے شب خوابی کے کمرے کی طرف پلٹ گئی۔ ایک دروازے کی چٹخنی کھلی تھی اور دوسرے کی اندر سے بند رہی کا یک ہمیں یاد آیا کہ کھلی چٹخنی والا دروازہ باہر سے مقفل تھا۔ ہم نے بڑھ کر اسے کھولنا چاہا۔ وہ واقعی بند تھا۔ دوسرے دروازے کی چٹخنی اُٹھا کر باہر آئے تو دیکھا رات والا

تالا جُوں کا تُوں اُسی دروازے پر پڑا ہوا ہے۔

ہم ایک دم سکتے میں آ گئے۔ گھبرا کر اندر باتھ روم میں گئے۔ اس کا ایک دروازہ باہر کی طرف بھی کھلتا تھا، مگر وہ اندر سے بند تھا۔ اب تو ہم ایک دم پریشان ہو گئے۔ نیگی صاحب کمرے میں نہیں تھے۔ دروازے اندر سے بند تھے۔ وہ باہر کیسے گئے۔ سردی کی وجہ سے کھڑکیاں اور روشن دان تک اندر سے بند رکھے ہوئے تھے۔ تو پھر۔

ایک بھرپور مرد تو کیا ایک بندر کا بچہ بھی ایک بار اندر آ کر دروازہ یا کھڑکی کھولے بغیر کسی طرح باہر نہیں جا سکتا تھا ـــــ تو پھر ـــــ

ابھی ہم اسی اُدھیڑبن میں تھے کہ ہمیں اپنے اندر ایک قطعی نئی اور انوکھی قسم کی کیفیت کا احساس ہوا۔ ہمیں لگا کہ ہم بے حد بھوکے ہیں۔ جیسے ہم نے برسوں سے کچھ کھایا نہیں۔

رات ہم نے ضرورت سے زیادہ کھا لیا تھا۔ مگر ان چھ سات گھنٹوں میں اتنا ڈھیر سا کھانا۔ ایک دم کیسے ہضم ہو گیا۔ ہضم ہو گیا تو گیا کہاں؟

آدمی صحت مند ہو، بھوکا رہا ہو، کھانا اچھا اور لذیذ ہو تو اتنے عرصہ میں ہضم بھی ہو سکتا ہے۔ اپنی کیفیت تو ایسی تھی گویا کئی رات سے ہم نے کچھ نہ کھایا ہو۔ کبھی کچھ نہ کھایا ہو۔ ہم باتھ روم میں گئے تو تھے مگر ایسے ہی اٹھ آئے تھے۔ فارغ ہوئے بغیر۔

ہمیں تب یاد آیا کہ بیڈ ٹی اور دو تین سگریٹوں کو پھونکے بغیر ہمارا صبح کا کلیان کبھی نہیں ہوا۔

نیگی صاحب اور رات کی واردات ہمارے ذہن میں ابھی تازہ تھی۔

چائے کا آرڈر دینے کے لئے ہم باہر آئے تو دیکھا کہ ہمارا ڈرائیور برآمدے میں ایک نوجوان سے محوِ گفتگو ہے۔ ہمیں دیکھ کر وہ نوجوان قدرے جھجکا۔ پھر مسکرا کر بولا۔

"معاف کرنا صاحب جی! میں رات حاضر نہ ہو سکا۔ کل شام گاؤں گیا تھا۔ بارش کی وجہ سے مجبوراً اُدھر ہی رکا رہا رات بھر۔

"تم کون ہو!"

"چوکیدار ہوں صاحب ـــــ چائے تیار ہے۔ میں ابھی ان سے یہی پوچھ رہا تھا کہ ناشتہ میں صاحب کیا لیتے ہیں؟ انڈے، پراٹھے، سبزی سب بن جائے گا۔ اور حسب منشا؟

"رام چندر کہاں ہے؟"

"کون رام چندر صاحب؟"

"ریسٹ ہاؤس کا بوڑھا چوکیدار۔"

"میں آپ کو بوڑھا دکھائی دیتا ہوں صاحب!"

"تم — تم — تو پھر — وہ کون تھا؟"

"وہ کون صاحب؟"

"بوڑھا رام چندر اور اُس کی بیوی۔ بھیم سین کی بیمی!"

"یہ آپ کیسی باتیں کر رہے ہیں صاحب؟۔ رام چندر — اُس کی بیوی —— بھیم سین؟

اور وہ — رام سنگھ — نیگی صاحب!

نوجوان کا جواب سُنے بغیر ہم بھاگ کر پچھواڑے چوکیدار کے کمرے میں گھس گئے چند ایک قرینے سے رکھے برتنوں کے سوا وہاں ایسا کچھ نہ تھا، جس سے اندازہ ہوتا کہ وہاں آگ جلی تھی اور کھانا پکا تھا۔

ہم پھر بھاگ کر اپنے کمرے میں لوٹے۔ یہ دیکھنے کے لئے کہ فائر پلیس میں رات بھر جلی آگ کا کوئی نشان ہے کہ نہیں۔ وہاں ایسا کچھ نہ تھا۔ وہ جگہ اتنی صاف تھی کہ گمان تک نہ ہوتا تھا کہ وہاں آگ کبھی جلی بھی تھی۔

"آتش دان کی طرف یوں گھور گھور کر کیا دیکھ رہے ہیں صاحب! یہ مصنوعی ہے۔ محض سجاوٹ ہے۔ بجلی ہوتی ہے تو ہم مہمان کے لیے ہیٹر لگا دیتے ہیں۔"

ہماری نظر یکایک ڈریسنگ ٹیبل کے شیشے کی جانب گھوم گئی۔ وہاں ہم نے جو دیکھا وہ پہلے کبھی نہ دیکھا تھا نہ بعد ہی میں کبھی دیکھا ہے۔

ہم نے دیکھا کہ شیشے میں جو عکس پڑ رہا ہے، وہ ہمارا نہیں۔ نیگی صاحب کا ہے۔ دھیرے دھیرے وہ عکس اُس تصویر میں بدل گیا جو ہم نے رات دیکھی تھی۔ دھند لائی ہوئی۔ پھر وہاں ایک بوڑھا اور اُس کے پیچھے رینگتی ہوئی ایک بڑھیا دکھائی دینے لگی۔

ہمیں لگا کہ ہم ایک دم بوڑھے ہو گئے ہیں۔ شیشے والا بوڑھا۔ بیمار، لاغر، تھکا ہارا ہڈیوں کا ڈھانچہ۔ ہم ایک دم پاس پڑی کرسی پر لڑھک گئے۔

نہ جانے ہم کب تک ویسے ہی پڑے رہے۔ آنکھ کھلی تو دیکھا ساتھ والی کرسی پر بیٹھے مہتہ صاحب چائے بنا رہے ہیں۔ پیالا ہاتھ میں تھماتے ہوئے بولے "بجلی نہ ہونے کی وجہ سے آپ ڈسٹرب رہے۔ اِس کا مجھے افسوس ہے۔ اِس کمرے میں کمبخت ٹیبل لیمپ بھی تو نہیں ہے"

اور تب ہمیں احساس ہوا کہ وہاں ٹیبل لیمپ واقعی نہیں تھا۔

ایک کے بعد ایک چائے کے تین پیالے اور آٹھ دس سگریٹ پھونکنے کے بعد ہمیں یقین ہو گیا کہ ہم، ہم ہی ہیں، زندہ ہیں اور سالم ہیں۔

پچھلی رات ریسٹ ہاؤس میں داخل ہونے سے تب تک کا سارا قصہ! اب ہم اپنے پریتی اِس واردات کو من گھڑت بھی کیسے کہتے۔ مناسب یہی تھا کہ چُپ رہتے۔

کہانی سنتے سنتے چاروں فوجی افسر گویا بے جان مورتیاں بن گئے تھے۔

اِس سے پہلے کہ کوئی زبان کھولتا کہ دروازہ کھول کر ڈسٹرکٹ فارسٹ آفیسر گوبند نرائن مہتہ تشریف لے آئے۔

"مجھے کچھ دیر تو ضرور ہو گئی ہے سر۔ مگر میں نے اطمینان کر لیا ہے کہ آپ لوگوں نے ابھی تک کھانا نہیں کھایا ہے۔ لہٰذا (وہ مُسکرائے) میں وقت پر آیا ہوں"

کمشنر صاحب مُسکرائے "تم ہمیشہ وقت پر آتے ہو۔ ہم اپنے اِن دوستوں کو اُس رات والی کہانی سنا رہے تھے"

مہتہ صاحب بولے "میں نے پتہ لگا لیا ہے سر۔ رام سنگھ نیگی نام کا ڈی۔ ایف۔ او۔ منڈی کے علاقے میں دس سال پہلے تعینات تھا۔ اس نے چینی ویلی کی ایک حسینہ کے عشق میں خودکشی کر لی تھی۔ بالکل ویسی ہی کہانی رام چندر کی ہے۔ جو رام پور کے راجہ کے گھریلو خدمت گار کی جوان بیٹی کو بھگا کر لے گیا تھا اور کبھی پکڑا نہیں گیا"

نوجوان لیفٹیننٹ حبیب جو ظاہر تھا کہ کمشنر صاحب کی کہانی سے سب سے زیادہ متاثر ہوا تھا یکایک چلا پڑا ـــــ "اور وہ تصویر"

کمشنر صاحب مسکرائے "وہاں کوئی تصویر نہ تھی۔ جو تصویر ہمیں نیگی صاحب نے دکھائی تھی وہ غالباً انا پورنا دیوی کی تھی۔ ہم نے نیگی صاحب کی لاش کی تصویر بھی پولیس ریکارڈ میں دیکھی ہے۔ وثوق سے نہیں کہہ سکتا کہ دونوں روپ ایک ہی آدمی کے تھے"

موت کے بعد آدمی کے خدو خال بدل جاتے ہیں۔ اُن کی لاش تو جانے کتنے گھنٹے پانی میں پڑی رہی تھی اور تصویر اُتارتے وقت ایک دم نیلی پڑ گئی تھی۔"

"ہاں ایک بات اور یاد آئی۔ کمشنر صاحب کرنل کمار کی طرف دیکھ کر مسکرائے "اس کی تصدیق آپ کا سیکٹر کمانڈر کر سکتا ہے۔"

نیگی صاحب یا ان کی بھٹکتی آتما سے ہماری مختصر سی ملاقات ۱۳ دسمبر کی رات کو ہوئی تھی۔ اس ریسٹ ہاؤس سے تین میل کی دوری پر ایک ری ٹیننگ وال اس دن کی بارش کے کارن گر گئی تھی۔ ظاہر ہے کہ اگر اُس رات ہم اپنا سفر جاری رکھتے تو آج آپ کے سامنے یہ کہانی نہ سُنا رہے ہوتے۔

عاشقوں کی آتمائیں بڑی مہربان ہوتی ہیں صاحب!"

دروازہ ایک بار پھر کھلا۔ نو وارد رام لال تھا۔

یہ ریسٹ ہاؤس آسیب زدہ ہے صاحب کھانا بنا تھا تو میں نے خود چکھ کر اطمینان کر لیا تھا کہ صاحب لوگوں کے حسب منشا ہے۔ ابھی ڈاکٹر صاحب کو چکھایا تو اُنہوں نے یہ کہہ کر تھوک دیا کہ سالن نمک کی زیادتی کی وجہ سے زہر ہو رہا ہے۔ میں نے پھر دیکھا۔ سالن میں نمک واقعی بہت زیادہ ہے۔ کچھ سمجھ میں نہیں آتا صاحب۔

سب نے باہر کی طرف دیکھا۔ لوگ ڈاکٹر کو گھیرے کھڑے ہیں اور وہ کُلّی پر کُلّی کیے جا رہا ہے۔

یہ بھیم سین کی بیٹی کی شرارت ہے۔ کمشنر صاحب نے سالن پلیٹ میں ڈلوا کر چکھا۔ ایک دم اے ون تھا۔ جانے کہاں سے ایک بھولی بھٹکی آواز ان کے کانوں میں گونج گئی "یہ دیسی گھی میں بنا ہے نا صاحب! مسالے بھی ہوتے تو آپ مدتوں ذائقہ نہ بھولتے۔"

یہ آپ کیا کہہ رہے ہیں ڈاکٹر صاحب۔ یہ کھانا تو ایک دم بڑھیا ہے۔ میجر سُندرم نے بھی ایک لقمہ مونہہ میں ڈالا ——— اے ون، اے ون!"

ڈاکٹر صاحب نے کھانا دوبارہ چکھا۔ ذائقہ ان کی آنکھوں میں ناچنے لگا۔

جادو، وہ جو سر چڑھ کر بولے۔

کھانے کے بعد مہتہ صاحب نے اپنے باورچی کو بلایا۔

"کیوں بادام سنگھ جی، ایسا کون سا مسالہ ڈالا ہے آپ نے جو سارے سالن

اس قدر لذیذ بنے ہیں۔"

"یہ دیسی گھی کا کمال ہے صاحب جی۔ میں نے کوئی خاص مسالہ نہیں ڈالا۔ سوائے اناپورنا دیوی کے مندر کی بھبھوتی کے۔ ہمیں جب بھی خاص خاص مہمانوں کا کھانا بنانے کے لیے بُلوایا جاتا ہے، ہم احتیاطاً مندر سے تھوڑی سی بھبھوتی ساتھ لے کر آتے ہیں۔ کھانا تیار ہو جائے تو اُتارنے سے پہلے اُس میں تھوڑی بھبھوتی بطور خوشبو ڈال دیتے ہیں، کھانا مہک اٹھتا ہے۔

ابھی ابھی ڈاکٹر صاحب اور رام لال جی نے جو کھایا وہ بھبھوتی سے پہلے کا کھانا تھا۔ آپ سب نے جو کھایا وہ دیوی کا پرساد تھا۔"

آگ راکھ اور کندن

اُٹھالا ہو چکا تھا۔ دُور دراز سے آئے ہوئے چھوٹے بڑے سب رشتہ دار اپنے اپنے گھروں کو لوٹ گئے تھے۔ ایک دو روز بعد جب اس کے ماں باپ بھی چلے جائیں گے تو وہ اپنے چھوٹے چھوٹے بچوں کے ساتھ اکیلی رہ جائے گی۔

جس عورت کے ایک دو چھوڑ پورے چھ بچے ہوں، وہ اکیلی کیسے کہی جا سکتی ہے مگر وہ اکیلی ہی تھی۔ تینوں بڑے بچے اُس کے مرحوم شوہر کی پہلی یعنی اُس کی سوتن کی اولاد تھے، جو بے چاری کب کی مر چکی تھی۔

جو اُس کے لئے کبھی تھی ہی نہیں۔ اُسے سوتن کہہ کر یاد کرنا غالباً واجب نہیں مگر سوتن سوتن ہی ہوتی ہے۔ وہ زندہ ہو یا مُردہ۔ ایسی کون عورت ہے اس یُگ میں جو پتی کی پہلی بیوی کی بے ماں اولاد کو اپنی اولاد سمجھے اس نے بھی ان بچوں کو اپنی اولاد کبھی نہیں مانا۔ نہ شادی کے پہلے دن۔ جب اسے ان بچوں سے ملوایا گیا تھا نہ اپنی ازدواجی زندگی کے دس برسوں میں کبھی۔

رانا صاحب جب زندہ تھے تو وہ سب سے بڑے رانا صاحب یعنی اس کے سسُر جی کی کوٹھی میں مل کر رہتے تھے۔ رانا صاحب اس سے عمر میں کم از کم بیس سال بڑے تھے۔ مگر چونکہ وہ رانا صاحب تھے۔

خاندانی رئیس اور حکومت کے ایک بڑے عہدہ دار۔ لہٰذا اس غرق پر سوائے اس کے کسی نے کبھی غور نہیں کیا تھا۔ دیکھنے میں وہ اپنی عمر سے کئی سال کم دکھائی دیتے تھے۔ جب کہ پورنیما اپنی غیر معمولی تندرستی اور قد و قامت کی وجہ سے اپنی اصلی عمر سے کافی بڑی لگتی تھی۔ لہٰذا دونوں کی عمر میں خاصا فرق ہوتے ہوئے بھی دوسرے دیکھنے والوں کو کوئی ایسا غیر معمولی نہ لگتا تھا۔

شادی کی پہلی رات ہی رانا صاحب نے پورنیما کو یقین دلا دیا تھا کہ وہ بھرپور مرد ہیں اور جب اس نے بچوں کی بات اٹھائی تھی تو انہوں نے مسکرا کر کہا تھا کہ وہ سچے راجپوت ہیں اور وعدہ کرتے ہیں کہ وہ تب تک ضرور زندہ رہیں گے جب تک اسے بھی ایسی ہی تین بچوں کی ماں نہ بنا دیں گے۔

کوٹھی کی غیر معمولی شان و شوکت۔ بڑے رانا اور رانی صاحبہ کی پدرانہ شفقت اور خود رانا صاحب کی غیر معمولی شخصیت سے پورنیما اتنی متاثر تھی کہ اس نے پھر کبھی اپنی کم عمری اور اپنے شوہر کی ادھیڑ عمری کا سوال نہیں اٹھایا۔ عقلمندی اسی میں تھی کہ وہ وِدمی کے وِدھان کو دل و جان سے مان کر ایک شریف عورت اور بڑے گھر کی سگھڑ بہو کی طرح اس گھر کی مان مریادہ کے مطابق ہی اپنے آپ کو ڈھال کر چلے۔ مگر زندگی تو کم بخت ایک شیشہ ہے جس میں کبھی کوئی بال آ جائے تو کبھی نہیں مٹتا۔ ہمیشہ اسی طرح بنا رہتا ہے۔ پہلا بال تو اندرا کی پیدائش تھی۔ اس کی یہ پہلی اولاد لڑکی تھی جب کہ اس کی سوتن کی پہلی اولاد لڑکا تھی۔ رنجیت، رانا رنجیت سنگھ بہادر جو بارہ سال کی عمر میں ہی گھوڑے کی سواری کرنا سیکھ گیا تھا۔ اور اب ماشاء اللہ ایک عمدہ اور منجھا ہوا گھڑ سوار تھا۔

جب چار سال بعد ایک ساتھ منوج اور دلیپ پیدا ہوئے تو شیشے میں آیا ہوا بال کچھ کم گھناؤنا لگنے لگا۔ یہ جڑواں بچے عام جڑواں بچوں کی طرح شکل و صورت میں ایک جیسے تھے۔ رانا صاحب نے اپنا وعدہ پورا کر دیا تھا۔ شادی کے چھ سالوں میں جب کہ رانا صاحب کی پہلی بیوی نے تین بچے چار چار سال کے وقفے کے بعد یعنی پورے دس برسوں میں جنے تھے۔ اب پہلی سے دو لڑکے اور ایک لڑکی تھی تو پورنیما نے بھی رانا پریوار کو ایک لڑکی اور دو لڑکے پیش کر دئیے تھے۔ یہ جڑواں بچے دیکھنے میں تو اپنے دوسرے بھائیوں کی طرح گورے چٹے اور توانا تھے، مگر شکل و صورت کے اعتبار سے بالکل انوکھے تھے۔ ان کے خد و خال رانا پریوار کے کسی فرد سے نہ ملتے تھے۔

اس کے بعد نہ جانے کیا ہوا کہ رانا صاحب کی صحت آہستہ آہستہ گرنے لگی۔ بیمار جمائی کو دیکھنے آئی تھی پورنیما کی ماں۔ مگر اپنے چند روزہ قیام میں ہی شیشے میں اور درجنوں بال ڈال گئی۔

گھر کا زیور ـــــ رانا صاحب کی ماں کا۔ اُن کی مرحومہ بیوی کا اور خود پورنیما کے اپنے زیورات حفاظت کی غرض سے مقامی بینک کے لاکر میں رکھے رہتے تھے، جس کی چابی رانا صاحب کے پاس رہتی تھی یا پورنیما کے پاس۔ بڑے گھر کے زیور سب کچھ نہیں ہوتے۔ مگر خاصے کی چیز ہوتے ہیں۔ سونا تو تھا ہی ساتھ میں ہیرے موتی اور جواہرات بھی تھے۔

گھوڑوں کی سواری راجپوتوں کا خاندانی شوق ہوتا ہے۔ گھوڑوں سے لگاؤ کے ساتھ رانا صاحب کو گھڑ دوڑ کا بھی چسکا تھا، جو ہوتے ہوتے ان کی زندگی کا سب سے بڑا ولولہ بن گیا تھا۔ ریس میں کبھی جیت ہوتی ہے تو کبھی ہار۔ پچھلے ایک دو سال سے ہار کا پلڑا نسبتاً بھاری ہوتا جا رہا تھا۔ لوگوں کا اور ان کے ماں باپ کا بھی خیال تھا کہ ان کی علالت کی وجہ یہ کم بخت ریس ہی ہے۔

جس دن دل کے دورے سے ان کی موت ہوئی اس سے ایک دن پہلے انہوں نے منوج اور دلیپ کی تیسری سالگرہ بڑی دھوم دھام سے منائی تھی۔ دوسرے دن ریس میں محض ایک ہزار روپے کی رقم گنوا دینے ہی سے وہ مٹی ہو گئے۔ لاکھوں کے مالک رانا بہادر کے لئے ایک ہزار روپے کی حقیر رقم اتنی گہری چوٹ ثابت ہو سکتی ہے۔ ایسا کوئی بھی نہ سوچ سکتا تھا۔ مگر راز جلد ہی فاش ہو گیا۔ بینک میں صرف دس ہزار روپے کی رقم بچی تھی۔ اور لاکر میں وہی زیورات بچے تھے جنہیں آسانی سے فروخت نہ کیا جا سکتا تھا۔

ماں باپ نے اسے میکے چلنے کے لئے کہا۔ مگر اس نے ایسا کرنے سے صاف انکار کر دیا۔ لاکر سے زیورات نکال لینے کا مشورہ اُسے اُس کی ماں نے ہی دیا تھا، مگر اس نے اپنی ماں کو بھی نہ بتایا کہ اس نے زیورات سنبھال لیئے ہیں۔ ساس سسر نے دو دھوا بہو کو سراہا۔ ہر کسی سے اس کی تعریف کی۔ وہ ان کا ساتھ نہیں چھوڑنا چاہتی بلکہ ان کے بڑھاپے کا سہارا بن کر رہنا چاہتی ہے۔ جس نے سُنا سراہا۔ بڑے گھر کی بہو بیٹیوں کو ایسا ہی ہونا چاہیئے۔

رانا صاحب کے ماتحت پریم جی جو اُن کے اچھے خاصے دوست بھی تھے۔ ان کے

گھر اکثر آیا جایا کرتے تھے۔ رانا صاحب کی زندگی چونکہ خاصی مصروف تھی وہ پورنیما کو اکثر پریم جی کے ساتھ سینما وغیرہ بھیج دیا کرتے تھے۔ پریم جی بھی ایک وفادار دوست کی طرح ان کا ہر حکم بجا لاتے۔ رانا صاحب کی وفات کے بعد پریم جی نے بڑی دوڑ دھوپ کر کے پورنیما کو اپنے دفتر میں ایک معقول ملازمت دلا دی۔ نوکری دلانے میں پریم جی کے علاوہ بڑے رانا صاحب کا بھی ہاتھ تھا۔ کبھی خود بھی وہ اس دفتر کے بڑے عہدہ دار رہ چکے تھے۔ نوکری نے پورنیما کی بیوگی کا غم ہی ہلکا نہ کیا تھا بلکہ اسے ایک قطعی نئی قسم کی شخصیت بھی عطا کر دی تھی۔ یہ نئی شخصیت جو ظاہر ہے کہ خود برداری اور خود پروری یعنی بغیر کسی کی مدد اور سہارے کے اپنی بسر اوقات کر سکنے کے اطمینان سے پیدا ہوئی تھی۔ اچھی بھلی پورنیما کو چند ہی مہینوں میں ایسی خود غرض، مغرور، بد دماغ اور خود پرست بنا دیا کہ اس کے شوہر کے والدین اور پہلی بیوی کی اولاد کا اعتماد اس کی ذات سے قطعی اٹھ گیا اور انھوں نے یہی غنیمت سمجھا کہ شہر کی جائیداد کا بٹوارہ کر دیا جائے۔ اس کے سسر کے لئے، جو ایک شریف آدمی تھا بہو کا یہ باغیانہ رویّہ ناقابل برداشت تھا۔ بہو کو خود کفیل بنانے کے لئے وہ اب اپنے آپ کو کوسنے لگے۔ اس بڑے شہر میں جہاں سینکڑوں لوگ ان کو جانتے پہچانتے تھے، اپنے بیٹے کی بہو کو الگ کر دینا ان کے لئے کسی طرح ممکن نہ تھا۔ نتیجتاً انھوں نے کوٹھی بیچ دی۔ اور بیٹے کی پہلی اولاد کو لے کر اپنے آبائی گاؤں منتقل ہو گئے۔ مکان اُن کی اپنی کمائی کا تھا۔ پھر بھی اُنھوں نے اِسے فروخت کرنے سے جو رقم ملی تھی، اُس کا ایک معقول حصہ پورنیما کی اولاد کے نام بینک میں جمع کرا دیا تھا تاکہ بچے جب بڑے ہوں تو ان کی تعلیم اور شادی بیاہ پر انہیں اچھی خاصی مدد مل جائے۔

رنجیت اور اس کا چھوٹا بھائی سنجیت چند ہی برسوں میں یکے بعد دیگرے فوجی افسر بن گئے اور بڑی بیٹی سوشیلا کا بیاہ بھی ایک اچھے کھاتے پیتے گھرانے میں ہو گیا۔

پورنیما نے اپنی سسرال کو ایسے فراموش کر دیا جیسے وہ تھے ہی نہیں۔ لوگ حیران تھے کہ بیوہ ہوتے ہوئے بھی نہ اس نے ماتھے کی بندیا اتاری اور نہ منگل سوتر۔ بس مانگ میں سیندور بھرنا بند کر دیا۔ کیونکہ اس طرح اپنے بالوں کی خوب صورتی بگاڑنا اسے اچھا نہ لگتا تھا۔

پریم جی جو رفتہ رفتہ سیڑھی در سیڑھی چڑھتے چڑھتے اب خود بھی ایک بڑے افسر

بن گئے تھے۔ رانا پریوار سے پرانی دوستی نبھائے جا رہے تھے۔ انہوں نے پورنیما کو اپنے یونٹ میں لے لیا تھا۔ پورنیما ایک گھنٹہ دیر سے دفتر جاتی اور دو گھنٹہ پہلے گھر لوٹ آتی۔ اس کے ذمہ دفتر میں کوئی قابل ذکر کام نہ تھا۔ پریم جی کو جب بھی فرصت ملتی چلے آتے۔ جب تک من ہوتا ٹھہرتے۔ وہ بچوں سے ایسے گھل مل گئے تھے جیسے وہ ان کے حقیقی چچا ہوں۔ دفتر میں اور سرکاری ملازمین کی اس کالونی میں جہاں پورنیما کو سرکار کی طرف سے رعایتاً کوارٹر مل گیا تھا، ہر قسم کے چرچے ہوتے۔ مگر وہ اس قسم کی چرچا سے بے نیاز اپنے ڈھنگ سے اپنی خوشی کے لئے جی رہی تھی۔ ہر دوسرے تیسرے دن سینما جاتی۔ شہر میں کوئی ہنگامہ ہو، کوئی اچھا کلچرل پروگرام ہو، وہ ضرور دیکھتی۔ اکثر پریم جی کے ساتھ۔ کبھی کبھار اکیلی یا اپنی ہی کسی ایسی پڑوسن یا دفتر کی ساتھن کے ساتھ۔ گھر میں کسی چیز کی کمی نہ تھی۔ ڈھیروں سونا تھا۔ خاصی رقم بینک میں بھی جمع تھی اوپر سے معقول ماہانہ تنخواہ اور پریم جی کی سرپرستی۔

پریم جی کی بیوی کو بریسٹ کینسر تھا۔ اس کا کوئی بچہ نہ تھا۔ کینسر کی مریضہ کب تک جیتی ہے۔ اب پورنیما کو بس اسی کا انتظار تھا۔ لیکن یہ عورت جانے کس مٹی کی تھی کہ دو آپریشن ہو جانے کے باوجود مرنے کا نام نہ لیتی تھی۔ پورنیما جانتی تھی کہ زندگی کی سانسیں اوپر والا گنتا ہے اور موت کا دن بھی وہی طے کرتا ہے۔ مگر وہ پریم جی کی ہو کر رہنے کے لئے اتنی بے قرار تھی کہ اکثر ان سے جھگڑا کر بیٹھتی۔

"جب تک تیری بیٹی کا بیاہ نہیں ہو جاتا ہمارا ایک دوسرے کے ساتھ کھلم کھلا میاں بیوی بن کر رہنا کسی صورت مناسب نہیں۔ لاکھ اڑچنیں کھڑی ہو سکتی ہیں۔ ہمارے لئے اسی طرح شرافت کا بھرم بنائے رکھنا ضروری ہے۔" پریم جی اُسے اکثر سمجھاتے۔ وہ بڑے محتاط اور سمجھدار قسم کے صلاح کار تھے۔

دونوں اڑچنیں برابر بنی ہوئی تھیں۔ لڑکی ابھی معصوم بچی تھی اور پریم جی کی بیوی ضرورت سے زیادہ سخت جان۔

ان کا یہ رشتہ کوئی ایسا خفیہ نہ تھا مگر پریم جی کی نیک نامی کی ساکھ اور شہرت اور سماج میں ان کا ایک معزز مقام ایسے پردے تھے۔ جن کی آڑ میں سب کچھ چھپا رہتا تھا۔ اکثر لوگ پورنیما سے ان کے غیر معمولی لگاؤ کو ان کی خاندانی شرافت اور ایک پرانے مہربان

دوست کی بیوہ کے لئے ہمدردی سمجھتے تھے۔ جو اصلیت سے واقف تھے وہ بھی چپ رہتے پریم جی بے حد محتاط قسم کے آدمی تھے۔ پورنیما بھی ان ہی کی طرح پردے کے پیچھے رہنے کا ہنر جانتی تو لوگوں کو دونوں کے اصلی رشتہ کے بارے میں ذرا بھی شک نہ ہوتا۔ مگر پورنیما نا سمجھ تھی۔ طبعاً شیخی خور تھی اور پریم جی کے لاکھ منع کرنے کے باوجود اس نے ماتھے کی بندیا اور منگل سوتر نہ اتارا تھا۔

"میں اپنے آپ کو بیوہ نہیں سمجھتی۔ رانا میرے والد کے برابر تھے۔ میں نے انھیں کبھی شوہر نہیں مانا۔ کم از کم تم سے ملنے کے بعد نہیں۔ میرے لئے تم ہی سب کچھ تھے، ہو اور رہو گے۔ رانا کو ہمارے تعلقات کا علم تھا، مگر وہ اپنی راجپوتی آن بان کی وجہ اس حقیقت سے جان بوجھ کر منکر بنے رہے۔ یہ فریب ان کے لئے ضروری تھا۔ ہم دونوں میں سے کسی ایک کو قتل کرنے کے بجائے وہ خود ہی ہمارے راستے سے ہٹ گئے۔"

"تم سمجھتی ہو انہوں نے خودکشی کی تھی؟"

"سمجھتی نہیں، میں جانتی ہوں کہ انھوں نے خودکشی کی تھی۔"

"تم مغالطے میں ہو۔ وہ ایک کامیاب آدمی کی زندگی بسر کر رہے تھے۔ ان کے لئے تمہیں اپنے راستے سے ہٹا دینا ذرا بھی مشکل نہ تھا۔"

"تم بھول لیتے ہو کہ وہ ایک شفیق باپ بھی تھے اور جانتے تھے کہ کم از کم اِندرا ان کی اپنی بیٹی ہے۔"

"اور تمہارے یہ جڑواں شہزادے؟"

"کوئی اندھا بھی ایک نظر دیکھ کر بتا دے گا کہ تم ہی ان کے باپ ہو۔"

"تمہارا مطلب ہے کہ انہوں نے اپنے لئے موت کی سزا خود طے کی تھی۔"

"وہ ایک ذہین، خود شناس اور خوددار آدمی تھے۔ اس کے علاوہ ان کے پاس دوسرا راستہ بھی کہاں تھا۔ وہ دل کے مریض تو تھے ہی۔ مجھ ایسی عورت کو اپنے راستے سے ہٹانے کی بجائے، خود میرے راستے سے ہٹ جانا انہوں نے زیادہ مناسب سمجھا۔ میں کیسی سہی، کتنی بُری سہی، مگر میں ان کی چہیتی بیٹی کی ماں تھی اور میری جان بخشی کے لئے یہ کافی تھا۔"

"تم بڑی ظالم عورت ہو پونم۔ خدا قسم کبھی کبھی تو مجھے بھی تم سے خوف آنے لگتا ہے۔"

میں نے تم سے محبت کی ہے۔ میں تمہارے ایک معمولی اشارے پر بھی مرنے کو تیار ہوں۔ کبھی آزما کر دیکھ لینا۔

اندرا بڑی سمجھدار بچی تھی۔ کچھ بچے اپنی عمر سے پہلے بوڑھے ہو جاتے ہیں۔ وہ ایسی ہی لڑکی تھی۔ ہاتھوں اور پاؤں پر آلتا پوچنا ناخنوں کو ہمیشہ سرخ بنائے رکھنا اور رنگ برنگے کپڑے پہننا ایک آنکھ نہ بھاتا تھا۔ اسے پریم انکل سے بھی بے حد نفرت تھی۔ مگر وہ کچھ نہ کر سکتی تھی۔ وہ جب گھر میں آتے وہ خود پڑوس میں کسی نہ کسی سہیلی کے گھر چلی جاتی۔

پریم جی اس کی سالگرہ بڑی دھوم دھام سے مناتے تھے۔ اسے نئے نئے کپڑے لا کر دیتے۔ ہر سال گرہ پر پچھلے کی نسبت بڑا کیک بنوا کر لاتے۔ مگر اس کے رویے میں کبھی کوئی فرق نہ آتا۔ وہ انہیں اپنے مرحوم باپ کا قاتل سمجھتی تھی، جسے اگر اس کا بس چلتا تو زندہ زمین میں گاڑ دیتی۔ مگر وہ ایک چھوٹی سی معصوم بچی تھی۔ اس کی سہیلی کے باپ کی ترقی ہوئی تو وہ لوگ اس کالونی کو چھوڑ کر ایک دوسری کالونی کے نسبتاً بڑے فلیٹ میں منتقل ہو گئے۔ اسے اپنی یہ سہیلی بڑی عزیز تھی۔ اسے وہ اپنے گھر کی ہر بات بتا دیتی تھی۔

"کہاں تمہارے ماں باپ ہیں رانو اور کہاں میری یہ نرلج ماں۔ بھگوان قسم رانو۔ مجھے تو اس کلٹا کو ماں کہتے ہوئے بھی لجا آتی ہے۔"

پریم جی کی بیوی اسپتال میں تھی۔ یہ اس کا آخری میجر آپریشن تھا۔ بے چاری بہت کمزور ہو گئی تھی۔ ہسپتال چونکہ پورنیما کے کوارٹر کے قریب تھا لہٰذا پریم جی اب اکثر وہیں رہ جاتے تھے۔ انہیں دنوں اس کی سہیلی کا بیاہ آ گیا۔ ایک ہی بار کہنے پر کہ وہ اپنی سہیلی کے گھر مہینہ بھر رہنا چاہتی ہے، اسے اجازت مل گئی۔ سہیلی کے ماں باپ اور بھائی بہن حیران تھے کہ اس پورے مہینے میں کبھی ایک بار بھی اس کی ماں نے آ کر اس کی خبر نہ لی تھی۔ ایک دن اسے خبر ملی تھی کہ پریم جی اس مابین پورے طور پر پورنیما کے گھر آ جمے تھے۔ ہسپتال کے قریب ہونے کا بہانہ کافی تھا۔ وہ ہر روز دو بار ہسپتال جاتے۔ کبھی کبھی پورنیما بھی ان کے ساتھ مسز پریم جی کی مزاج پرسی کے لیے چلی جاتی۔ ایسے موقعوں پر وہ نہایت سادہ لباس میں ہوتی۔ کبھی میک اپ کرتی نہ

بندیا لگاتی، جو اُسے بے حد عزیز تھی۔ مرتی ہوئی اس عورت کا دم دیکھنے والا ہوتا۔ وہ پورنیما اور اپنے شوہر کے تعلقات سے بے خبر نہ تھی۔ مگر مجال ہے جو اس نے کبھی بھولے سے بھی یہ ظاہر ہونے دیا ہو۔ عورت کے لئے یہ شرم کی بات ہوتی ہے۔ مگر وہ چپ چاپ سب سہے جاتی تھی۔ اسے اب صرف اپنی موت کا انتظار تھا۔

اس کا آپریشن ہوا۔ کینسر کی مریضہ کب بچتی ہے۔ جو وہ بچتی۔ آپریشن والے دن وہ دن بھر شوہر سے باتیں کرتی رہی۔ یہ شکتی کہاں سے آگئی تھی اس میں، وہ نہ جانتی تھی۔ مرنے سے پہلے اس نے اپنے شوہر سے نہ جانے کیا کیا کہا کہ اس کے بعد پریم جی نے پورنیما کے ہاں آنا جانا بالکل بند کر دیا۔ وہ دفتر میں بھی اس سے بات نہ کرتے۔ پھر ایک دن پورنیما نے بیماری کا بہانہ کر کے چھٹی لے لی۔ گھر بیٹھ گئی۔ اسے یقین تھا کہ پریم جی اسے دیکھنے آئیں گے۔ مگر ایسا نہ ہوا۔

چھٹی کے بعد وہ دفتر گئی تو پریم جی جا چکے تھے۔ گھر بار سب خالی کر کے۔ مجھے ان کے جانے کا اتنا غم نہیں جتنا اس بات کا ہے کہ وہ مجھ سے بغیر کچھ کہے سنے چلے گئے۔ کاٹھ کی ہانڈی کو ایک دن تو جلنا ہی تھا۔ میں ان سے پریم کرتی تھی۔ اور اس پریم پر میں نے اپنی سونے کی گرہستی نچھاور کر دی،، اپنی ہمراز سہیلی سے باتیں کرتی وہ سارا دن روتی رہی۔

چند ہی دنوں میں لوگوں نے دیکھا کہ اس کی زندگی کا رنگ ڈھنگ بالکل ہی بدل گیا ہے۔ اب وہ ہمیشہ سادہ سفید لباس میں دفتر جاتی۔ وقت پر جاتی وقت پر آتی اور سارا دن جی لگا کر کام کرتی۔ بندیا لگانا یا ناخنوں پر نیل پالش تو ایک طرف اس نے لپ اسٹک کا استعمال بھی ایک دم ترک کر دیا تھا۔ پورے گھر کا ماحول بدل گیا۔ اس تبدیلی سے کوئی مطمئن تھا تو وہ تھی اندرا۔

کئی مہینوں کے بعد پونم کو پریم جی کا ایک خط ملا۔ لکھا تھا۔

پورنیما جی!

ایک قتل کا بوجھ آدمی کو عمر بھر بدحواس کئے رکھنے کے لیے کافی ہوتا ہے۔ میرے سر پر تو دو خون ہیں۔ میں نے کبھی نہ سمجھا تھا کہ مجھے اپنی بیوی سے محبت ہے۔ میں نے اس کی محبت کی بے قدری کی تھی اور وہ جو ایک

اچھی بھلی تندرست عورت تھی بیمار رہنے لگی اور پھر ایسی بیمار ہوئی کہ۔۔۔ تم ساری کہانی جانتی ہو۔

میں تمہارا بھی اتنا ہی قصوروار ہوں جتنا مرنے والی کا۔ وہ کیسے گھُل گھُل کر مری۔ غالباً رانا صاحب بھی اسی طرح گھُل گھُل کر مرے تھے۔ مرنا تو سب کو ہی ہے تمہیں بھی مرنا ہے مجھے بھی مرنا ہے۔ مگر ایسا مرنا بھی کیا؟

ہم نے مل کر ایک شریف آدمی اور ایک شریف عورت کو مار ڈالا۔ ہم دونوں قاتل ہیں۔ یہ سچائی مجھ پر اس دن آشکار ہو گئی تھی، جس دن میری بیوی نے یہ دنیا چھوڑی۔ اس سے پہلے میں نے ایسا کیوں نہ سوچا حقیقت میں، میں اندھا تھا۔ اندھا بھی اور بہرہ بھی!

میں نے تمہاری سونے کی گرہستی کو آگ میں جھونک دیا اور ایک ایسے آدمی سے بے وفائی کی جو مجھے اپنا چھوٹا بھائی سمجھتا تھا۔ مجھ پر پورا بھروسہ رکھتا تھا۔ جس کی مہربانیوں کا صلہ میں سات جنم نہیں لوٹا سکتا۔ میں آج جو کچھ ہوں رانا صاحب کی بدولت ہوں۔

ہاں پورنیما۔ میں اپنے آپ کو تمہارے شوہر اور اپنی بیوی کا قاتل سمجھتا ہوں۔ مجھ جیسے آدمی کے لئے مر جانا بھی کافی سزا نہیں۔ میں تل تل بوند بوند مرنا چاہتا ہوں تاکہ اس ناکارہ زندگی کے جتنے دن بھی باقی ہیں انہیں میں میرے گناہوں کا کفارہ ہو سکے۔ رانا صاحب بہت عظیم شخصیت کے مالک تھے۔ میں ایک معمولی۔ بے عداوتی قسم کا بڑے ہی چھوٹے دل والا آدمی ہوں۔ ان کی طرح چپ چاپ جام شہادت پی جانا مجھ جیسے حقیر اور بزدل آدمی کے لئے ممکن بھی نہیں۔ لہذا میں نے یہ روز سو بار مرنے کی سزا چُنی ہے اپنے لئے۔

تمہارے شوہر کے دونوں بیٹے آج کل ادھر پونا ہی میں قیام فرما ہیں۔ بڑا فوج میں میجر ہے۔ چھوٹا کپتان۔ فرشتہ ایسے دو دو بچوں کے باپ اور دیویوں جیسی بیویوں کے شوہر ہیں۔ دونوں ادھر میرے

پڑوس میں رہتے ہیں۔ سچ مچ بڑے پیارے بچے ہیں، جیسے ایک بڑے آدمی کی اولاد ہوتی ہے۔

تمہارے شوہر کی بڑی بیٹی بھی اسی شہر میں آباد ہے۔ اس کا شوہر ایک رولنگ اسٹیل مل کا مالک ہے۔ راجہ آدمی ہے۔ بیٹی لاکھوں میں کھیلتی ہے۔

ان بچوں کے برعکس تمہارے بچوں کے مستقبل کے بارے میں سوچ سوچ کر میں اکثر ہولا جاتا ہوں۔ ماں کے گناہوں کا سایہ اولاد پر پڑنا لازمی ہے۔ خدا کرے ایسا نہ ہو اور تمہارے بچے بھی ان بچوں کی طرح پھولیں پھلیں۔

تم مجھ سے ملنے کی کوشش نہ کرنا۔ کبھی ادھر اپنے بچوں کے ہاں آنے کا پروگرام بناؤ تو مجھے اطلاع کر دینا تاکہ میں اپنا منحوس چہرہ لے کر کہیں روپوش ہو جاؤں۔ تم سے آنکھ ملانے کی سکت اب مجھ میں نہیں ہے۔

بہتر ہے کہ ہمیں جتنے دن اور دھرتی کا بوجھ بنے رہنا ہے ایسے ہی چلتے رہیں اور جب اپنے بنانے والے کے گھر جائیں تو اس تسلی کے ساتھ جائیں کہ اپنے گناہوں کا اقرار کر کے ہم اس کے رحم و کرم کے کچھ تو حق دار ہو ہی گئے ہیں۔

تم نے مجھے ہمیشہ یقین دلایا ہے کہ تمہارے جڑواں بچے میرے ہیں۔ اگر واقعی ایسا ہے تو خدا ان کو بچائے۔ تم عورت ہو۔ ماں ہو۔ تم سچائی کو میری نسبت زیادہ جانتی ہو۔ تمہاری بات پر اعتبار کر کے میں نے فیصلہ کیا ہے کہ ان دونوں بچوں کی پرورش کرنا میرا فرض ہے میں یہ فرض مرتے دم تک پورا کرتا رہوں گا۔ دس ہزار کا چیک بھیج رہا ہوں۔ اسی طرح جب ممکن ہوگا کچھ نہ کچھ بھیجتا رہوں گا۔ اپنے گناہ کے کفارے کے طور پر اسے لوٹا کر مجھے مزید ذلیل نہ کرنا۔ یہ میری التجا ہے۔

تمہاری بیٹی اندرا اپنے باپ کی بیٹی ہے۔ اس کی نگاہوں میں،

میں نے نفرت کے شعلے لپکتے دیکھے ہیں۔ راجپوت کا خون ایسا ہی ہوتا ہے۔ ادھر تھا تو میں اس سے خوف کھاتا تھا۔ اب ادھر اتنی دور ہوں تو بھی اس کی نگاہوں کا بے بس غصہ یاد کر کے اکثر کانپ جاتا ہوں۔ وہ لڑکا ہوتی تو میرا خون کر دیتی۔ راناصاحب کی اس بیٹی کے لئے ان کا دیا ہوا تمہارے پاس بہت کچھ ہے۔ ایشور اسے سکھی رکھے اور وہی تقدیر بھی دے جو اس کا حق ہے۔

تمہارے ساس سسر ابھی زندہ ہیں بہت بوڑھے ہو گئے ہیں بے چارے۔ تم مناسب سمجھو تو انہیں اپنے پاس لے آؤ یا خود ان کے پاس چلی جاؤ۔ میں جانتا ہوں تمہیں ملازمت کی ضرورت نہیں میں آسیب تھا، تمہاری اور تمہارے پیارے بچوں کی زندگیوں پر۔ مجھے تسلی ہے کہ میرے منحوس سائے سے وہ اب محفوظ ہیں۔

تمہارا گناہ گار:

پریم جی۔

اس شام اندرا اسکول سے لوٹی تو دیکھا کہ ماں نے رو رو کر اپنی صورت بگاڑ لی ہے۔ آج صبح ہی وہ مقامی بیوٹیشین سے سر کے بال اور چہرہ کی سٹنگ کروا کر لوٹی تھی، کتنے ہی دنوں بعد۔ آنسوؤں نے اس کی آنکھوں کا کالا کجرا اور چہرے پر پتی کریم اور پاؤڈر کی تہوں میں عجیب وغریب دراڑیں ڈال دی تھیں جیسے پہاڑوں سے اچھلتی کودتی پانی کی دھارائیں نیچے میدانوں میں پہنچ کر اِدھر اُدھر چھوٹی چھوٹی نالیوں میں بٹ جاتی ہیں۔

اندرا نے اس سے پہلے ماں کو کبھی ایسی حالت میں نہ دیکھا تھا۔ اس کے باپ کی موت پر بھی وہ خاصی روئی پیٹی تھی، مگر ایسے نہیں۔ آج بھی دیکھا تو اس کے دل میں رحم نام کا کوئی جذبہ نہ ابھرا۔ اس کی نفرت میں اضافہ ہی ہوا۔ کم از کم پچاس روپے خرچ کر کے اس ناہنجار نے شام کے کلچرل پروگرام میں شریک ہونے کے لئے اپنے چہرے کو بنایا سنوارا تھا۔ جو ظاہر ہے کہ سب کے سب برباد ہو گئے۔ وہ جانتی تھی کہ وہ اس کے باپ کی یاد میں نہیں، اپنے ناپاک عاشق کی یاد میں آنسو

بہار ہی ہے۔ جو اندرا کی نگاہوں میں ایک نہایت نامناسب فعل تھا۔ وہ چپ چاپ دوسرے کمرے میں جا کر لیٹ گئی۔ اور بغیر کچھ کھائے پیے کچھ ایسے ہی خیالات کے بوجھ سے دبی دبی سو گئی۔

گھنٹے دو گھنٹے بھر کی نیند کے بعد اس کی آنکھیں کھلیں تو دیکھا کہ گھر میں مکمّل سناٹا ہے نہ ریڈیو چل رہا ہے نہ ٹی وی۔ البتہ دوسرے کمرے سے دھیمی دھیمی سسکیوں کی آواز بدستور آ رہی تھی۔

کیا وجہ ہے یقیناً کوئی غیر معمولی حادثہ ہوا ہے۔ ہو سکتا ہے پریم جی انکل کے مرنے کی خبر آئی ہو۔ اس خیال کے آتے ہی اس کا دل بھر آیا، جو بھی ہو اس کی تصدیق اس کا دل بھی کرتا تھا کہ پریم انکل غیر معمولی آدمی تھے اور اس کی ماں سے بے حد پیار کرتے تھے۔

تھے ؟

یعنی کہ ؟

وہ دوڑی دوڑی ماں کے کمرے میں گئی اور اس سے لپٹ کر خود بھی رونے لگی۔ پورنیما جو ابھی تک ہولے ہولے سسک رہی تھی۔ بیٹی کا پیار پا کر ایک دم پھوٹ پڑی۔ کسی نے کسی سے کچھ نہ کہا۔ کچھ نہیں پوچھا۔ بس روتی رہیں ایک دوسرے سے چمٹ کر۔ ایکا ایک اندرا نے بھی وہ لفافہ دیکھ لیا اور ایک ہی نظر میں بھانپ گئی کہ اس منحوس لفافے میں پریم انکل کی موت کی خبر تھی۔

تو کیا جسے وہ ناواجب تعلق سمجھتی تھی در حقیقت ایک سچی محبت تھی؟۔ نئے اور پرانے ساتھ کے درجنوں کتابیں پڑھ چکنے کے بعد وہ جان گئی تھی کہ آدمی کبھی کبھی دل کے ہاتھوں مجبور ہو جاتا ہے۔ اور کبھی کبھی زندگی کے وہی رشتے سچے اور درست ہوتے ہیں جنہیں آدمی دل کے ہاتھوں مجبور ہو کر قبول کر لیتا ہے۔

شادی بیاہ تو رسمی اور سماجی بندھن ہوتے ہیں۔ وہ رشتہ داری اور دوستی کا فرق بھی سمجھنے لگی تھی۔ اس کا باپ اس کی ماں کا رشتہ دار تھا دوست نہیں تھا۔

اسے اپنے مرحوم باپ سے بے انتہا محبت تھی۔ مگر وہ یہ بھی جان گئی تھی کہ

انہوں نے اس کی ماں سے بیاہ کر کے اس پر ظلم کیا تھا۔ایک طرح سے انہوں نے اپنی دولت اور اپنے بڑے رتبہ کی بنا پر اس کی ماں کو خرید ا تھا۔ اسے اچھی طرح یاد تھا کہ اس کے نانا نانی اس کے دادا دادی کے سامنے سمدھیوں کی نہیں، حقیر فقیروں کی طرح اٹھتے بیٹھتے اور بات چیت کرتے تھے ۔ یہ تمیزداری یا سلیقہ نہ تھا۔ سمدھیوں میں برابر کا رشتہ ہوتا ہے ۔اس قسم کے مسکین برتاؤ کے پس پردہ غالباً کوئی ایسا جرم، کوئی ایسا گناہ تھا۔جس کی نوعیت سے ناواقفیت کے باوجود وہ کسی طرح جان گئی تھی کہ یہ ایک طرح کا اعترافِ جرم تھا۔ اس کی ماں جو آج بھی ایک حسین و جمیل عورت تھی۔شادی سے پہلے یعنی اپنے کنوارے پن میں یقیناً بے حد حسین رہی ہوگی ۔ ایسی کہ جسے کوئی بھی شریف زادہ بیاہ لیتا۔ مگر اس کے ماں باپ نے اس کی شادی ایک ایسے آدمی سے کردی تھی ، جو اس سے کم از کم بیس سال بڑا تھا اور تقریباً اتنے ہی سال شادی شدہ زندگی گزار چکا تھا۔ رنجیت اس کا بڑا بھائی اس کی ماں کی ہی عمر کا تھا۔یقیناً اس کے نانا نے اس کی ماں کا سودا کیا تھا روپے لے کر لڑکی دینا بڑی گھٹیا حرکت ہے۔یہی وجہ تھی کہ وہ لوگ اپنے داماد اور اس کے والدین کے سامنے آنکھ اٹھا کر نہ دیکھ سکتے تھے ۔ وہ غریب تھے تو کیا ہوا غریبی میں بھی آدمی کو اپنی عزت کا پاس ہوتا ہے بلکہ غریب کو تو اپنے وقار کا خاص دھیان رہتا ہے ۔ وہ جب کبھی اس کی ماں کو ملنے آتے تھے ،ماں ان سے سیدھے مونہہ بات نہ کرتی تھی ۔ وہ کسی طرح ایک دو دن رہ کر لوٹ جاتے تھے ۔اسے شک تھا کہ وہ اپنی بیٹی اور نواسے نواسی کو دیکھنے کی غرض سے نہیں کچھ نہ کچھ مانگنے کے لئے ہی آتے تھے اور بھک منگوں کی طرح جو ملتا لے کر لوٹ جاتے۔ماں کو ان کی موجودگی بڑی کھلتی تھی ۔ اس کے برعکس اس کے دادا دادی کی شخصیتوں میں بڑا وقار تھا۔آج کل وہ بہت کم آتے تھے۔ مگر جب بھی آتے ڈھیر سی چیزیں لے کر آتے تھے۔گھر کا گھی، گڑ،شکر، چاول، دالیں ، اپنے کھیتوں کا اناج اور روپے پیسے بھی ان کو اپنی بیوہ بہو سے آج بھی پوری ہمدردی تھی۔ پوتوں اور پوتی پر وہ جان چھڑکتے تھے ۔ وہ جانتے تھے کہ اس مہنگائی کے زمانے میں پانچ چھ سو روپے کچھ نہیں ہوتے ۔اتنی رقم میں تین بچوں کی پرورش ، پڑھائی وغیرہ بہت مشکل ہے۔

کھیتوں سے ان کی آمدنی کچھ ایسی زیادہ نہ تھی۔ دادا کی پینشن البتہ خاصی تھی۔ لہٰذا وہ جب آتے ہزار دو ہزار کی رقم ماں کو تھما جاتے۔ ماں خود ہی ان کے ساتھ رہنے کو تیار نہ تھی۔ ورنہ وہ کبھی اسے اکیلی نہ چھوڑتے۔

زمین آسمان کا فرق تھا اس کے دادا دادی اور نانا نانی میں۔ مگر اس کے دادا دادی نے بھول کر بھی کبھی کوئی ایسی حرکت نہ کی تھی، جس سے ظاہر ہو وہ اس کے نانا نانی کا مناسب احترام نہیں کرتے۔

روتے روتے تھک کر جب اس کی ماں بالآخر سو گئی تو وہ خط اٹھا کر اپنے کمرے میں چلی گئی۔ اس کے بھائی، جو پرلے درجے کے لوفر تھے، ابھی تک گھر نہ لوٹے تھے۔ جیسے ہی وہ اپنے کمرے میں گئی وہ بھی حسب معمول شور مچاتے آدھمکے اس نے انگلی کے اشارہ سے انہیں چپ کرا دیا اور جو کچھ بھی گھر میں تھا، کھلا پلا کر سلا دیا۔ خط کا ذکر نہیں کیا۔ بس اتنا ہی بتایا کہ ماں کو تیز بخار ہے۔ اور بڑی مشکل سے کسی طرح سو پائی ہے۔ وہ ماں کے غصے سے واقف تھے۔ روز پٹتے تھے، مگر آوارگی سے باز نہ آتے تھے۔ ہر شام تبھی گھر لوٹتے جب محلہ کا کوئی لڑکا ان کے ساتھ کھیلنے کو تیار نہ ہوتا۔

بھائیوں کو سلا کر اور پوری طرح سے اطمینان کر کے کہ سب سو گئے ہیں۔ اس نے لفافہ کھولا اور خط پڑھا ——— ایک بار ——— دو بار ——— تین بار۔ کتنی ہی بار اس کی آنکھیں بھیگیں۔ مگر خط میں نہ جانے ایسا کیا تھا کہ بار بار پڑھتے جانے کے باوجود تسلی نہ ہوتی تھی۔ آخر خط کا لفظ لفظ اس کے ذہن میں جم کر رہ گیا۔ حفظ ہو گیا۔ تو زندگی میں اپنی نئی پہچان اس کے سامنے ایک مکمل تصویر بن کر آشکار ہو گئی۔

اس نے سوچا کہ وہ خط کو وہیں چھوڑ آئے جہاں سے اٹھایا تھا تا کہ اس کی ماں کا بھرم کہ کسی نے اس خط کو دیکھا نہیں بنا رہے۔ پھر اسے خیال آیا کہ ماں غالباً خود ہی چاہتی تھی کہ وہ یہ خط پڑھ لے۔ نہیں تو وہ اسے کہیں چھپا بھی سکتی تھی۔ آخر بہت دیر تک سوچتے سوچتے وہ خط کو اپنے سینے پر رکھے رکھے سو گئی۔

دوسرے دن جب ماں بیٹی کی آنکھیں ملیں تو وہ دو ہمراز سہیلیوں کی آنکھیں تھیں۔ اس نے ماں کو ایسے چمٹا لیا اپنی چھاتی سے گویا بیٹی نہ ہو، اپنی ماں کی

ماں ہو۔ مامتا کیا ہوتی ہے؟ پیار کیا ہوتا ہے۔ اس چھوٹی سی جان کو اس کا پہلا تجربہ ہو رہا تھا۔ پورنیما کو بیٹی کا یہ انوکھا آلنگن بڑا اچھا لگا۔ کسی کو کچھ کہنے کی ضرورت نہ تھی وہ دیوار جو برسوں سے ماں بیٹی کے درمیان بنتی اور بلند ہوتی جا رہی تھی، ایکا ایک نہ جانے کہاں پست ہو گئی۔

ماہ و سال سے چلے آ رہے۔ زندگی کے بکھرے، بگڑے شب و روز دھیرے دھیرے بدلنے سدھرنے لگے۔ لڑکوں میں بھی خاصی تبدیلی آ گئی۔ اب کی بار جب اس کے نانا نانی آئے تو ماں ان سے بے رخی سے نہ بولی۔ انہیں پوری عزت دی۔ مگر جب وہ لوٹنے لگے تو اس نے بیٹی کے سامنے انہیں دو ہزار کی رقم تھماتے ہوئے بڑے تحمل سے کہا "میری التجا ہے کہ آپ پھر کبھی مجھے اپنے درشن نہ دیں۔ آپ کو اپنی بیٹی کے پورے دام مل چکے ہیں۔ اس رقم کو آخری قسط سمجھ کر اب آپ مجھے بھول جائیں۔ میری رگوں میں آپ کا خون تھا، اسی وجہ سے میں نے ایک بڑے گھر کی مریادا بھنگ کی۔ اب میں اپنے ہر اس قصور کو جس کی وجہ سے میری گرہستی اجڑی ہے، اپنے بھگوان کے سامنے رکھ کر پرائشچت کرنا چاہتی ہوں۔ مجھے آپ لوگوں سے کوئی گلہ نہیں، صرف اپنے بنانے والے سے شکایت ہے کہ اس نے مجھے آپ کے گھر میں پیدا کیا۔"

یہ بات اس نے اندرا کے سامنے کہی تھی۔ اندرا جس کے تیج پرتاپ کے سامنے ہر غلط حرکت کرنے والا خود بخود شرمسار ہو جاتا تھا۔ جھک جاتا تھا وہ لوگ بھی چپ چاپ اٹھے اور چلے گئے۔ کہاں گئے۔ کسی کو کچھ پتہ نہ چلا۔ کیونکہ وہ اپنے گاؤں کبھی نہ لوٹے تھے۔

ہفتہ بھر بعد اس شام ماں دفتر سے لوٹی تو دیکھا کہ بیٹی اور دونوں بیٹے نہا دھو کر اور نئے کپڑے پہن کر تیار بیٹھے ہیں۔ ماں نے سوالیہ نگاہ اٹھائی تو اندرا نے مسکرا کر کہا "آج ہم سنیما دیکھنے چلیں گے۔"

"پورنیما نے مسکرا کر کہا "کس خوشی میں؟"

"میں کلاس میں اول آئی ہوں۔ منوج اور ردیپ بھی پاس ہو گئے ہیں۔"

پورنیما نے تینوں بچوں کو اپنے ساتھ چمٹا لیا۔ اُس کے آنسو اور مُسکراتا چہرہ دیوار پر ٹنگی رانا صاحب کی تصویر سے مخاطب تھا، جیسے کہہ رہا ہو۔ سب پھر سے ویسا ہی ہو گیا ہے جی۔ تم دیکھ رہے ہو نا۔

نخل دل اور برگ و بار

راج کشور کے ڈرائیور نے پرشانت کے بنگلے کے سامنے کار روکی اور باہر نکل کر پیچھے کا دروازہ کھول دیا۔ پرشانت کی گاڑی دروازے کے سامنے پہلے ہی سے کھڑی تھی۔ گاڑی سے اتر کر ارچنا نے ڈرائیور کو دس کا نوٹ تھماتے ہوئے کہا۔

"لوٹتے ہوئے صاحب کے لئے فروٹ سالٹ کی شیشی لے جانا۔ آج انھوں نے جس قسم کے پکوان کھائے ہیں وہ انھیں رات بھر پریشان رکھیں گے۔ اینو کے دو گلاس پی لیں گے تو ہی سو سکیں گے۔"

ڈرائیور نے نوٹ جیب میں ڈال لیا اور سیلوٹ کر کے گاڑی میں بیٹھ گیا۔

وہ اپنے کمرے میں پہنچی ہی تھی کہ رامو چائے لے کر حاضر ہو گیا۔ ٹرے میں چائے اور کھانے کی چند ایک اشیا کے علاوہ ایک بند لفافہ بھی تھا۔

آج صاحب بہت جلد آ گئے رامو کاکا؟

جی ہاں بی بی جی۔

آرام کر رہے ہیں؟

رامو کچھ جھجکا تو ارچنا نے پھر وہی سوال دہرایا۔

"آج وہ بہت پریشان ہیں۔ جب سے آئے ہیں بپھرے شیر کی طرح کمرہ کے ایک کونے سے دوسرے کونے تک چکر پر چکر لگائے جا رہے ہیں۔ غصہ سے ان کا چہرہ سرخ ہو رہا ہے۔ اور منھ سے۔۔۔

ارچنا نے فقرہ مکمل کیا۔ ہمیشہ کی طرح جھاگ نکل رہی ہے۔

پھر ٹرے میں پڑے لفافہ کی طرف دیکھ کر پوچھا۔ یہ کیا انھوں نے بھیجا ہے؟"

"جی ہاں بی بی جی۔"

"تم جاؤ کاکا۔ میں چائے خود بنا لوں گی۔"

ارچنا کے چہرے پر ڈر یا خوف ایسا کوئی جذبہ نہ ابھرا۔ کہیں کچھ تھا تو بس رحم کا جذبہ تھا جو اسے اپنے شوہر کی بیچارگی پر محسوس ہو رہا تھا۔ کتنا بے بس ہو جاتا ہے پر شانت کبھی کبھی مرد ہو کر بھی غصہ کا اظہار کرنا نہیں جانتا۔ بیچارہ۔

وہ چپ چاپ بیٹھی چائے پیتی رہی اور خط پڑھتی رہی۔

ارچنا۔

ہماری زندگی کی دھارائیں رسماً متوازی ہوتی ہوئی بھی الگ الگ سمتوں میں بہہ رہی ہیں۔ میں نے بہت کوشش کی۔ بہت حیلے بہانے تلاش کیے اسی طرح خانماں برباد چلے چلنے کے مگر کوئی تجویز، کوئی تدبیر، کوئی معقول راستہ نہیں سوجھ رہا جو مجھے اس تباہی اور بربادی سے کسی طرح بچ نکلنے کی ترکیب سجھا سکے۔

میرے پاس کیا نہیں ہے۔ بے شمار دھن دولت ہے۔ اچھی خاصی پرکھوں کی جائیداد ہے، خاصی اچھی پریکٹس ہے۔ باپ دادا کا بڑا نام ہے۔ سماج میں قدر و منزلت ہے ہمارے اونچے خاندان کی مگر تجھے ان میں سے کسی بھی شئے نے کبھی مرعوب نہیں کیا۔ میرے پیار نے بھی نہیں۔ اگر تیرا اس سے اتنا لگاؤ تھا تو تو نے مجھ سے شادی ہی کیوں کی۔ کس جنم کا بیر تھا تجھے مجھ سے۔ میرے خاندان کے نام و ناموس سے۔ اور محبت بھی تو نے کی تو کہاں ایک بدقماش پاجی اور بیمار ذہن شرابی سے! کسی بھلے آدمی کو مجھ پر ترجیح دی ہوتی تو نے تو مجھے وہ ذہنی کوفت نہ ہوتی جو آج ہو رہی ہے۔ سارا شہر میری ہنسی اڑا رہا ہے اور میں شرم سے مرا جا رہا ہوں۔

کیا ایسا نہیں ہو سکتا کہ ہم ایک دوسرے سے الگ ہو جائیں۔ میں تیری خوشی

کے لئے کچھ بھی کرنے کے لئے تیار ہوں ۔۔۔ طلاق کے لیے بھی۔

پرشانت

پرشانت نے اس قسم کا زہر پہلی بار نہ اگلا تھا۔ البتہ تحریری طور پر اپنے اختلافات کا اظہار پہلے کبھی نہ کیا تھا۔ ارچنا بہت دیر تک چپ چاپ بیٹھی سوچتی رہی آخر اس نے بھی لکھنا شروع کیا۔

"پرشانت —— یہ ضروری تو نہیں کہ جس سے شادی ہو محبت بھی اسی سے ہو۔ تم نے اپنے اور اپنے خاندان کے جھوٹے وقار کے علاوہ کبھی کسی چیز، کسی جذبہ کی کبھی قدر کی ہوتی تو سمجھ جاتے کہ محبت کیا شے ہے، میرے جسم سے اپنی ہوس کی پیاس بجھانے کو تم پیار کہتے ہو اور میرے محبوب کو جس نے غالباً پرائی امانت سمجھ کر مجھے کبھی بھولے سے بھی چھوا تک نہیں بدقماش شرابی کہتے ہو۔ ظاہر ہے کہ تم محبت کے معنی سرے سے ہی نہیں سمجھے میں تم سے متفق ہوں کہ ہمارا تمہارا یوں اس طرح مزید چلے چلنا اب ممکن نہیں ہے —— تمہیں میری ضرورت نہیں مگر اسے ہے۔ میں آج رات ہی تمہارے سونے کے پنجرے اور تمہارے خاندان کے نام و ناموس کو تلانجلی دے رہی ہوں۔ اب آئندہ تمہیں اپنی منحوس صورت کبھی نہ دکھاؤں گی —— تمہارے گھر میں میرا یہ آخری دن ہے۔ ممکن ہوا تو ہم تمہارا یہ شہر بھی چھوڑ دیں گے —— ہمیشہ ہمیشہ کے لیے۔

راجی تم سے طلاق لینے کو تیار نہیں ہوگا۔ لہٰذا اس کی ضرورت نہ ہوگی

گڈ بائی پرشانت ——

ارچنا۔

دن بیت گیا۔ رات بھی آئی اور گذر گئی —— اپنے کمرے میں پرشانت سارا دن اور ساری رات ارچنا کے بارے میں سوچتا رہا۔ جانے سے پہلے اس نے رسمی طور پر بھی اس سے ملنا گوارہ نہ کیا۔ تو نے اچھا ہی کیا ارچنا —— گڈ بائی

ہم واقعی ہی ایک دوسرے کے لئے نہ بنے تھے۔ مگر یہ کیا لکھا ہے ارچنا نے! راجی نے اسے کبھی چھوا تک نہ تھا —— یہ کیسے ممکن ہو سکتا ہے —— اس خیال کا ذہن میں ابھرنا تھا کہ اس کا خون اور خواہش اپنی بیوی کے حسین و جمیل پیکر کے لئے سمندر کی بے چین لہروں کی طرح بے قرار ہو اٹھے، اور وہ اٹھ کر بیٹھ گیا۔

"ٹھیک ہی تو لکھا ہے ارچنا نے ــــ میری محبت میرا پیار ہوس ہی تو ہے کیا میں واقعی ہوس کا کیڑا ہوں ــــ اپنی بیوی کے بدن کے لئے میری ہوس جائز ہے۔ میرا حق ہے ــــ میں اس کا شوہر ہوں ــــ ہوں کہ نہیں۔ تو پھر ــــ اگر میرا پیار محض ہوس ہے۔ تو یہ اس کے جسم تک ہی کیوں محدود نہیں رہا ــــ اس کا جسم تو مجھے ہمیشہ ہی میسر تھا۔ وہ اسے میرا حق اور اپنا فرض سمجھتی تھی۔ جبھی تو کسی دوسرے کی محبت کا دم بھرتی ہوئی بھی ہمارے رشتہ سے کبھی منکر نہیں ہوئی ــــ شریف زادی ــــ مگر محبت اور شرافت میں فرق ہوتا ہے میاں۔

تمہیں خاندان کی رسوائی کا ڈر ہے ــــ راجی کو کیا ڈر ہو سکتا ہے ــــ نہ باپ نہ ماں ــــ نہ بہن نہ بھائی دور نزدیک میں بھی ایسا کون ہے جسے وہ اپنا کہہ سکے۔

ــــ مت بھول گھر کبھی اس کا بھی تھا ــــ تیرے گھر سے بھی بڑا ــــ موٹر گاڑی نوکر چاکر سبھی کچھ تھا ــــ اس نے سب بیچ باچ دیا اور خاندانی حویلی چھوڑ کر سمندر کے کنارے چار چھ کمروں کے اس فلیٹ میں منتقل ہو گیا جہاں آج کل اس کے اپنی ہی قماش کے نکمے اور بے فکرے مفلوج ہر دوسرے تیسرے اکٹھے ہو جاتے ہیں اور شعر و ادب کی بے تکی باتوں میں گھنٹوں گذار دیتے ہیں ــــ باتیں کرتے ہیں، شراب پیتے ہیں، کباب اڑاتے ہیں اور بیچارے راجی کو اسی طرح جئے جانے کی بد دعائیں دے کر بالآخر اپنے اپنے گھروں کو لوٹ جاتے ہیں یا پھر وہیں پڑے رہتے ہیں کئی کئی دن ــــ اس کے دل میں راجی کے لئے نہ جانے کیسے ایکا ایک عجیب قسم کے رحم کا جذبہ ابھرنے لگا۔ کیا زندگی ہے بیچارے کی ــــ کم بخت کتنا ذہین طالب علم تھا۔

اور یہ ارچنا بھی خوب ہے ــــ شہر کے معروف سرجن پرشانت ورما کی بیوی۔ ہر ہفتے ایک حقیر ملازمہ کی طرح اس کا فلیٹ صاف کرتی ہے۔ چیزیں قرینے سے سجاتی ہے۔ شرابیوں کی اگلی ہوئی پان کی پیک بھرے اگالدان دھو دھلا کر صاف کر آتی ہے۔ قسم قسم کے لذیذ پکوان بنا کر اس کا فرج بھر آتی ہے اور لکھتی ہے کہ راجی نے اسے کبھی بھولے سے بھی نہیں چھوا ــــ میں جانتا ہوں کہ ارچنا کبھی جھوٹ نہیں بولتی ــــ وہ بھی دوسری عورتوں کی طرح جھوٹ بول سکتی تو کتنا اچھا ہوتا! اے کاش۔

راجی نے ارچنا کو کبھی چھوا تک نہیں ــــ شرابی کے نیم مردہ تھکے ہارے بدن میں

وہ سکت، وہ ولولہ، وہ امنگ کہاں جو ایک صحت مند آدمی کا خاصہ ہوتی ہے۔

ارچنا جیسی اپسرا کو اتنے قریب پا کر اس کی چاہ نہ کرنا اس کے بے پناہ حسن کی توہین ہے —— حیرت ہے کہ ارچنا —— اسے کاش جانے سے پہلے —— ارچنا ایک بار آخری بار ہی سہی —— ارچنا ٹھیک کہتی ہے —— میں واقعی ہوس کا کیڑا ہوں —— مگر بدن بھی کیا پایا ہے کافرہ نے —— خدا کی قسم۔

دروازہ پر ہلکی سی دستک ہوئی اور اجازت پا کر رامو صبح کی چائے لے آیا۔

"آج کا اخبار؟"

"بی بی جی پڑھ رہی ہیں۔ ابھی مانگ لاتا ہوں"

"بی بی جی؟ نہیں جانے دو —— کل شام کی ایوننگ نیوز ہی لے آؤ —— اخبار والا باہر برآمدے میں پھینک گیا ہوگا"

تو ارچنا نہ گئی تھی —— میں ناحق اتنا پریشان رہا۔ بلاوجہ رات بھر جاگا کیا —— جب کہ وہ مزے سے اپنے کمرے میں سوتی رہی۔

ارچنا کا نہ جانا —— یا جاتے جاتے رک جانا —— کتنا اچھا لگ رہا ہے مجھے۔ وہ خط مجھے نہ لکھنا چاہیے تھا۔ میں وہ سب لکھ کر کتنا پریشان رہا ہوں۔ ظاہر ہے کہ وہ بھی اسی وجہ سے پشیمان ہو کر رک گئی ہے۔ بیٹی کس کی ہے —— پروفیسر رادھے شام جی تو دیوتا پرش تھے —— اتنے بڑے ودوان اور اتنے حلیم۔

رامو ایوننگ نیوز لے آیا —— سامنے پہلے ہی ورق پر وہ منحوس خبر چھپی تھی۔

"کل رات مشہور ادیب، شاعر اور دانشور جناب راج کشور راجی کی دل کی حرکت کے یکایک بند ہو جانے کی وجہ سے اچانک موت ہو گئی۔ مرحوم ۔ ۔ ۔ ۔ ۔ یہ

چائے کی پیالی وہیں بن پیئے چھوڑ کر پرشانت اپنی بیوی کے کمرے کی طرف لپکا —— ارچنا صبح کے اخبار کو چھاتی سے چمٹائے گہری نیند سو رہی تھی —— اس کا تکیہ آنسوؤں سے گیلا ہو رہا تھا۔ ظاہر تھا کہ وہ رات بھر جاگتی رہی تھی اور روتے روتے بالآخر بے حال ہو کر۔

کتنی سندر ہے تیری بیوی —— پیار کا جیسے دریا اُمڈ آیا پرشانت کے دِل

میں ـــــ سونے دو بیچاری کو ـــــ اس کا طلسم ٹوٹ گیا ہے ـــــ اس کا آدرش ـــــ وہ چپ چاپ کمرے سے باہر نکل آیا۔

کوئی ایک ہفتہ بعد رابن لال واڈی شاہ کی مشہور فرم کے سالیسٹر اروند بھائی شاہ تشریف لائے اور انکشاف فرمایا کہ جناب راج کشور راجی جو بظاہر ایک معمولی فلیٹ کے مالک سمجھے جاتے تھے۔ درحقیقت خاصے امیر آدمی تھے۔ اور فلیٹ کے علاوہ وہ لاکھوں نقد چھوڑ کر مرے تھے۔ روپیہ تو ان کی وصیت کے مطابق ان کے اسکول اور کالج کے علاوہ چند دوسرے ادبی سماجی اور تعلیمی اداروں اور گنے چنے ضرورتمند احباب کے لئے تھا مگر اپنا فلیٹ وہ اپنے منھ بولے بھائی اور بھاوج ڈاکٹر پرشانت ورما اور محترمہ ارچنا ورما کے نام چھوڑ گئے ہیں۔

اروند بھائی نے کہا ـــــ ہم سب حیران تھے کہ اتنے نزدیکی ہوتے ہوئے بھی آپ دونوں میں سے کوئی بھی ان کی میئت میں شریک نہیں ہوا۔ مگر خیر یہ آپ کا ذاتی معاملہ ہے میں تو آپ لوگوں کو مرحوم کا یہ سیل بند لفافہ، فلیٹ کی ملکیت کے کاغذات چابیاں اور وصیت نامہ کی یہ کاپی سونپنے آیا ہوں۔

فلیٹ آپ لوگوں نے پہلے بھی کئی بار دیکھا ہوگا ـــــ مگر آج وہ قطعی نیا فلیٹ ہے۔ پورے پچاس ہزار روپے خرچ کر کے انھوں نے اس کی تقریباً ہر چیز بدل ڈالی ہے۔ پرانی چیزیں مختلف دوستوں کو اٹھوا دیں۔ مختصر سے فرنیچر اور کچن کے سامان کے علاوہ ہر چیز نئی ہے ماسوائے کتابوں کی ایک پرانی الماری کے جس میں سے ان کی ایک ذاتی تصویر بھی ملی ہے۔ تصویر کو چاندی کے فریم میں مڑھا کر میں ان کے بڑے کمرے کی مصنوعی فائر پلیس کے اوپر ٹانگ آیا ہوں۔ ہو سکے تو تصویر کو آپ وہیں رہنے دیں۔ وہ گوشہ نشیں فقیر ظاہر ہے کہ خود تو اب آئے گا نہیں خدا قسم بڑا شاندار آدمی تھا ـــــ بادہ خوار ہوتے ہوئے بھی بڑا ہی نیک، رحم دل اور ذہین انسان۔

سالیسٹر چلا گیا تو پرشانت نے دیکھا کہ ارچنا اسے ایک ٹک دیکھے جا رہی ہے اور اس کی نگاہ میں ایک عجیب قسم کی فاتحانہ چمک ہے ـــــ ایک قطعی نئی اور انوکھی آن بان اور شان۔ ناز و وقار سے اس کی گردن کا تناؤ اتنا کھنچ آیا تھا جیسے یکا یک

اس کی لمبائی میں خاصا اضافہ ہو گیا ہو ——— اس کی بیوی کا قد اس کے اپنے قد سے کتنا اونچا اٹھ آیا تھا۔

تمہارا خط ؟

کھول کر پڑھ لو۔ خط پر ہم دونوں کا نام ہے ۔

پرشانت نے لفافہ چاک کیا۔ خط ارچنا کے نام تھا۔

خط پر کوئی تاریخ نہ تھی ۔

خط تمہارے نام ہے ۔

جس ارچنا کے نام یہ خط ہے اس کا وجود ختم ہو چکا ہے جو بچا ہے وہ ارچنا نہیں ارچنا ورما ہے ، شہر کے معروف ڈاکٹر پرشانت ورما کی بیوی ۔ اپنا وجود اپنی ایک مخصوص شخصیت ہوتے ہوئے بھی جب میں نے تم سے کبھی کوئی بات نہیں چھپائی تو اب کیا چھپاؤں گی۔

تم خط پڑھو ——— یہ حکم تھا۔

پرشانت بلند آواز سے پڑھنے لگا۔

”پیاری ارچنا ۔

یہ خط تمہیں کب ملے گا میں نہیں جانتا۔ بس اتنا ہی جانتا ہوں کہ یہ خط جب تمہیں ملے گا میں اس دنیا سے اٹھ چکا ہوں گا۔

میرے دن ختم ہو رہے ہیں اور تم جانتی ہو کہ مرنے والے کبھی جھوٹ نہیں بولتے ——— ہاں ارچنا یہ واقعی سچ ہے کہ میں نے تم سے محبت کی ہے مگر آج تک نہیں جان پایا کہ اس محبت کو کیا نام دوں ۔ میں کینسر کا مریض نہ ہوتا تو تمہارے پتا اور اپنے پیر و مرشد محترم پروفیسر صاحب کا حکم بجا لاتے ہوئے تم سے بیاہ کر لیتا۔ اور میری محبت ایک شفیق شوہر کی محبت ہو جاتی ۔

افسوس ہے کہ ایسا نہ ہو سکا۔ میری محبت میں تکمیل تک پہنچنے کا دم نہ تھا——— پروفیسر صاحب نے سب جان لینے کے بعد مجھے معاف کر دیا تھا۔ انھوں نے تم سے اس کا ذکر کبھی نہ کیا کیونکہ وہ تمہارا جواب جانتے تھے۔ تمہارا جواب یقیناً یہی ہوتا کہ تم لالچی نہیں ہو اور تمہیں ہمدردی کا اتنا موہ نہیں ہے ۔

تمہارے لیے پرشانت کا چناؤ میں نے ہی کیا تھا۔ تمہاری زبان سے پرشانت کی بے پناہ تعریفیں سن سن کر میرا دل کبھی کبھی کسی قدر جلتا ضرور تھا مگر تسلی بھی ہوتی تھی کہ میں نے اپنی پیاری ارچنا کا مستقبل جس شخص سے باندھا تھا وہ واقعی اس کے یوگیہ تھا۔

میں تمہاری دنیا سے جا رہا ہوں تھک کر —— ہار کر اور پوری طرح سے خانماں برباد ہو کر —— میں اپنے خاندان کا آخری نقطہ تھا۔ میری موت کے ساتھ میرے پرکھوں کی پیڑھی ختم ہو جائے گی۔ ہر چیز جو بنتی ہے پنپتی اور پروان چڑھتی ہے بالآخر ایک دن فنا بھی ہوتی ہے۔ آج ہم بھی ختم ہو گئے۔

یہ فلیٹ میں نے تمہاری پسند کی بنا پر خریدا تھا۔ اس دنیا سے جانے سے پہلے اسے تمہاری ہی پسند کی چیزوں سے سجا دیا ہے۔ پرشانت کو تو شاید معلوم بھی نہ ہو کہ تمہیں کیا کیا اور کون کون سے رنگ پسند ہیں۔ فلیٹ کے باہری دروازے پر جو میری محبت ہی کی طرح بے نام پلیٹ لگی ہے بلکہ شروع ہی سے پیوست ہے اسے ہٹوا دوگی تو نیچے تمہیں اپنا اور اپنے پیارے شوہر کا نام بڑے سلیقے سے کھدا ہوا ملے گا۔

تمہاری شادی کو سال بھر ہو چلا ہے اس بیچ پرشانت کبھی کبھار اور تم اکثر یہاں آتی رہی ہو۔ حیرت ہے کہ پرشانت نے تم سے ہمارے غیر معمولی تعلقات کے بارے میں کبھی کچھ نہیں پوچھا —— کبھی کوئی شکایت نہیں کی —— جس فراخدلی سے اس نے تمہیں میرے ہاں آنے جانے کی اجازت دے رکھی تھی اس سے ظاہر ہے کہ اسے تمہاری ذات پر پورا بھروسہ تھا۔ تم خوش نصیب ہو۔

پرشانت کے کردار کا یہ روشن پہلو مجھے اکثر پریشان کر دیتا تھا —— اگر کبھی وہ بھولے سے بھی ہمارے تعلقات کے بارے میں پوچھ بیٹھتا تو میں اس کی تشفی کے لیے بلا جھجک کہہ دیتا کہ تم میری بہن ہو —— خدا گواہ ہے کہ یہ بھی جھوٹ نہ ہوتا —— خدا تم دونوں کا نگہبان ہو —— تمہارا راجی۔

نوٹ، میں نے اپنی بیس سالہ ادبی اور علمی زندگی میں دو ناول، دو شعری مجموعے اور درجنوں مضامین اور کہانیاں وغیرہ لکھی ہیں۔ کل ملا کر بیس کتابیں

ہیں۔ یہ کوئی ایسا بڑا ذخیرہ نہیں ـــــ مگر یہ ہماری مشترکہ اولاد ہے۔

ہر کتاب کے دس دس نسخے تمہارے لئے چھوڑے جا رہا ہوں ـــــ یہ ہم دونوں کی روحوں کے سکیچز ہیں۔

خط ختم ہو گیا ـــــ پرشانت نے نظر اٹھائی تو دیکھا کہ ارچنا کمرے میں نہیں تھی اور راجی کے فلیٹ کی چابیاں بھی غائب تھیں۔

بیچارہ اکیلا آدمی

چندر پرکاش خوبصورت نام ہے جتنا یہ کہانی جس چندر پرکاش سے متعلق ہے. وہ بھی خاصا خوبصورت آدمی ہے. کم از کم کبھی رہا ضرور ہوگا. آج اس کی عمر پچاس کے لگ بھگ ہے اور اس کے لمبے چوڑے اور کسرتی بدن کے وہ سارے خم گوشت پوست نے بھر دیئے ہیں جن کے ہونے سے آدمی چست وچابک اور نہ ہونے سے ڈھیلا اور فربہ لگتا ہے. پچاس سال بڑی ظالم عمر ہے مگر.

چندر پرکاش ایک مقامی کالج میں انگریزی ادبیات کے معلّم ہیں. لٹریچر پڑھنا پڑھانا تو خیر ان کا پیشہ ہی ہے مگر لٹریچر میں یا لٹریچر کے بارے میں گفتگو ان کا محبوب مشغلہ ہے. وہ لکھتے بھی خوب ہیں. تنقیدی مضامین کے علاوہ وہ انگریزی بلینک ورس میں بھی دخل رکھتے ہیں. اردو ہندی کے اکثر ادبا اور شعرا ان کے ارد گرد منڈلاتے رہتے ہیں تاکہ وہ ان پر انگریزی میں مضامین لکھیں. ہر مقامی انگریزی اخبار اور رسالہ ان کے مضامین چھاپتا ہے. اپنے جاننے والے اکثر ادبا اور ان کے فن کے بارے میں چندر پرکاش نے مضامین لکھے ہیں. ایسے مضامین سے انھیں کیا ملتا ہے یہ تو وہی جانیں مگر ان ادیبوں سے انھیں بے پناہ عزت اور احترام ملتا ہے

ہندی اور اردو کی اکثر کتابوں کی رسم اجرا کے موقعوں پر وہ صف اول میں بیٹھے دکھائی دیتے ہیں۔

پروفیسر چندر پرکاش کو پروفیسر کہلانے کا بہت شوق ہے۔ آپ انھیں پروفیسر کہتے رہیں وہ آپ پر اپنی نظر کرم بنائے رکھیں گے اور اگر آپ ادیب وغیرہ ایسی کوئی شے ہیں تو آج نہیں تو کل ایک نہ ایک دن وہ آپ کے فن اور شخصیت پر ایک آدھ اچھا یا ذرا کم اچھا (وہ برا، قطعی برا کبھی نہیں لکھتے) مضمون ضرور لکھیں گے جو چھپے گا اور جس کی چرچا بھلے ہی کسی اور جگہ نہ ہو کافی ہاؤس میں ضرور ہوگی۔ ہمارے بہت سے بیچارے ادیب کافی ہاؤس میں بطور ادیب پہچانے جانے کو ہی ریکگنیشن سمجھتے ہیں۔ ظاہر ہے کہ پروفیسر پرکاش کی اہمیت ان کے نزدیک کسی انجانی ادبی اکادمی کی سی ہے۔

پروفیسر چندر پرکاش دلی کے کافی ہاؤس کی جان ہیں کہنے کو تو ہم بھی ایک چھوٹے سے ادیب ہیں۔ اور کبھی کبھار ایک آدھ خاصی اچھی کہانی بھی لکھ لیتے ہیں مگر ہم نے چندر پرکاش کو کبھی اس مسکین نظر سے نہیں دیکھا جس سے ہمارے دوسرے ہم عصر دیکھا کرتے ہیں کیونکہ ان کی معرفت جاودانی ہونے کا اپنا کوئی ارادہ نہیں۔ کہانی لکھنا ہمارا مشغلہ ضرور ہے مگر پیشہ نہیں۔

یہ تو رہی تمہید یا پروفیسر چندر پرکاش کی گوناگوں ذات سے مختصر تعارف اب ذرا اس قصہ کو بھی سن لیجیے جس کو لے کر ہمیں مجبوراً لکھنا پڑ رہا ہے۔

مکان کی تلاش میں ہم نے نئی دلی کے جنوب کی تقریباً ہر کالونی چھان ماری تھی۔ مکان تھے، بہت تھے مگر ہماری ضرورت کے مطابق کہیں بھی کوئی مکان ہمیں نہ ملا تھا۔ میاں بیوی اور چھوٹے بڑے ملا کر چار بچے بچیاں۔ تین کمرے تو ہر صورت میں ہونے ہی چاہئیں یا ایک بچوں کے لیے، ایک ہمارے یعنی میاں بیوی کے لیے اور ایک مہمانوں کے لیے جسے مغربی اسٹائل میں ڈرائنگ روم کہا جاتا ہے۔ اگر کہیں کوئی اس قسم کا سیٹ تھا بھی تو وہ ہماری دسترس (جس کی حد پانچ سو روپیہ ماہانہ تھی) سے باہر تھا۔ ہمیں بتایا گیا تھا کہ اس نئی کالونی میں کوئی نہ کوئی گھر ہماری ضرورت اور حیثیت کے مطابق ضرور مل جائے گا اور واقعی مل بھی گیا، یہ ایک دو منزلہ مکان تھا۔ نیچے مکان مالک رہتا تھا اور اوپر کا حصہ کرایہ کے لیے تھا جیسا کہ عام طور پر ہوتا ہے۔ اس طرح مالک مکان کرایہ دار پر نگرانی کے

علاوہ اسے پوری طرح قابو میں بھی رکھ سکتا ہے۔ بوقت ضرورت اوپر والوں کا پانی بند کرسکتا ہے اور پانی آپ جانتے ہیں فی زمانہ بہت بڑا ہتھیار ہے۔ پانی کی ضرورت بڑے بڑے ہنگامے کھڑی کرسکتی ہے۔ نہ معلوم کتنی لڑائیاں پانی کے لیے لڑی گئی ہیں۔

'نوکر رہا نوکر رہنا ایک صاحب' ہمیں صاحب خانہ کے ڈرائنگ روم سے ملے بغیر باہر والے برآمدے میں بٹھا کر نہ جانے کہاں چلا گیا اور ہم میاں بیوی نہ جانے کب تک چپ چاپ بیٹھے مکان مالک کا انتظار کرتے رہے۔ سامنے سینٹرل ٹیبل پر پڑے رنگا رنگ میگزین ورسائل وغیرہ نہ ہوتے تو وقت گزارنا مشکل ہو جاتا۔ کوئی بیس منٹ بعد وہ حضرت دوبارہ تشریف لائے تو ساتھ میں چائے کی ایک پر تکلف ٹرے بھی تھی جس میں دو پیالی چائے اور دو گلاس ٹھنڈے پانی کے علاوہ ایک پلیٹ تازہ تلے ہوئے آلو کے قتلوں کی بھی تھی۔ 'آپ چائے لیجئے پھر آپ کو آپ کا سیٹ بھی دکھادیں گے۔ آپ کا سیٹ تو مکان مالک تھا گویا ان حضرت نے ہمیں اپنا کرایہ دار چن لیا تھا۔

"اس تکلف کی کیا ضرورت تھی۔ ہم لوگ تو چائے پی کر ہی آئے ہیں" ہم نے تکلفاً مسکرا کر اس صبح کا پہلا جھوٹ بولا۔

'چائے تو حضرت ایک رسم ہے کوئی غذا تو ہے نہیں جس کی کمی یا زیادتی سے کوئی ایسا فرق پڑ جائے گا'

ظاہر تھا کہ اس قسم کا برجستہ جملہ کوئی ایسا شخص جو محض نوکر ہو، ادا نہیں کرسکتا تھا ابھی ہم کچھ اس قسم کا سوچ ہی رہے تھے کہ دوسرا جملہ آیا۔

'علاوہ ازیں باہر بارش بھی تو ہو رہی ہے ظاہر ہے کہ آپ کو ادھر کچھ دیر تو رکنا ہی رکنا ہے پھر کیوں نہ ہر کام اطمینان سے کیا جائے'

"آپ؟"

جی میرا نام چندر ہے چندر موہن۔ مجھے یار لوگ چندو بھی کہتے ہیں۔ میں فوٹوگرافی کے ایک مقامی اسٹوڈیو میں سیلز مین ہوں اور پروفیسر صاحب یعنی صاحب خانہ کا ناتی اور دوست ہوں چونکہ ہم دونوں اس دنیا میں اکیلے ہیں اس لیے میں ہی ان کے ساتھ رہتا ہوں۔

'اب ہمیں' آپ کا سیٹ اور چائے اور تلے ہوئے آلوؤں کی بات سمجھ میں آ ئی۔

ہماری بیگم کو ایک نظر دیکھ کر ہی چندر یعنی چندرموہن صاحب نے کم از کم اپنی طرف سے ہمیں کرایہ دار چن لیا تھا۔

"جی گھر ہی میں ہیں مگر اس وقت ذرا سو رہے ہیں رات کو بہت دیر سے سوتے ہیں اس لیے صبح اٹھتے بھی بڑی دیر سے ہیں چھٹی والے دن تو دس سے پہلے کبھی نہیں اٹھتے۔ تو کیا!" ہم کہتے کہتے رک گئے کیونکہ اب دس تو بجا ہی چاہتے تھے۔

چائے سے نپٹ کر ہم تینوں اوپر گئے، مکان ہر لحاظ سے معقول تھا دو بیڈ روم تھے دو باتھ رسوئی گھر اور ڈرائنگ روم، ان کے علاوہ صاف ستھری کھلی چھت اور سارے کا سارا آسمان اور ستارے اور چاند اور سورج اور ہوا جو شہروں میں اتنی نایاب ہوتی ہے۔

ہم نے کرایہ پوچھا تو چندر موہن صاحب نے ہمیں براہ راست مکان مالک سے بات کرنے کا مشورہ دیا، پیشتر اس کے کہ ہم کوئی اور بات کرتے نیچے سے ایک جانی پہچانی آواز سنائی دی۔

"چندو شرما جی نے مکان دیکھ لیا ہو تو انھیں نیچے لے آؤ۔"

شرما جی؟ ظاہر تھا کہ مکان مالک یا جن صاحب نے بھی ہمیں پکارا تھا ہمیں جانتے تھے، ہم نے سوالیہ نگاہوں سے چندر کی طرف دیکھا تو وہ مسکرا رہے تھے۔

ہم نیچے اتر آئے تو دیکھا کہ پروفیسر چندر پرکاش صاحب حیدرآبادی تہمد باندھے ننگ دھڑنگ کھڑے ہیں۔ ہمیں بیگم کے ساتھ دیکھ کر قدرے جھجکتے ہوئے بولے۔

"ارے چندو تو نے بتایا کیوں نہیں کہ بھابی بھی ساتھ ہیں۔" وہ بیگم کے لیے بھابی کا لقب کچھ اس ڈھنگ سے استعمال کر رہے تھے گویا مدتوں سے انھیں اسی طرح مخاطب کرنے کے عادی ہوں۔ ان کے جھجکنے کے ڈھنگ سے البتہ صاف ظاہر تھا کہ انھیں ہماری بیگم کی موجودگی کا علم تھا اور وہ جان بوجھ کر اس طرح آدھے آدم بنے کھڑے تھے۔ غالب بیگم کو اپنے جسم کی خوب صورتی اور تناسب وغیرہ سے مرعوب کرنے کی غرض سے۔

چندر پرکاش صاحب ویسے تو ایک حسین شخصیت ہیں ہی ان کا جسم بھی خوب تھا پچاس برسوں کے باوجود تنا ہوا چست کسرتی۔ کپڑوں میں تو وہ ایک دم فربہ دکھائی دیتے تھے۔ ہمیں ڈرائنگ روم میں بٹھا کر اور خود ڈھنگ کے کپڑے پہن کر لوٹنے کو کہہ

وہ گھر کے اندر چلے گئے اور کوئی دس منٹ بعد لوٹے۔ اس بیچ ہم دونوں نے کمرہ کا جائزہ لینا شروع کر دیا تھا چندر صاحب باہر تشریف لے گئے تھے۔ اب ہم اور بیگم کمرہ میں اکیلے تھے۔

کمرہ کے ایک کونہ میں بڑے بک شلیف کے اُوپر کسی بڑی ہی خوبصورت عورت کی تصویر خاصے بڑے اور قیمتی فریم میں جڑی سارے کمرہ کی فضا میں ایک خاص قسم کا تہذیبی اضافہ کر رہی تھی۔ تصویر میں جانے کیا تھا، بار بار ہماری نظریں اُسی طرف اُٹھ اُٹھ جاتی تھیں، بالآخر ہم دونوں اُٹھ کر اُس تصویر کے قریب چلے گئے۔ "ارے" ایک دم ہم دونوں کی زبانوں سے نکلا "یہ کیا!"

یہ تصویر ہماری چہیتی سالی یعنی بیگم کی چھوٹی بہن منجو کی تھی۔ منجو جو آج کل لندن میں تھی اور ایک خوبصورت بچے کی ماں تھی۔ منجو کو خط لکھنے کا بڑا شوق تھا۔ اور ہر مہینہ اپنی خیر و عافیت سے مطلع کرتی رہتی تھی دونوں بہنیں ایک دوسرے پر جان چھڑکتی تھیں۔ مگر وہ تصویر یہاں کیسے چلی آئی۔ بالکل ایسی ہی گرچہ قدرے چھوٹی ایک تصویر کی کاپی ہماری فیملی البم میں بھی تھی اور ابھی چند روز پہلے ہی ہم نے اس تصویر کی دو درجن کاپیوں کا رنگون اسٹوڈیو کو آرڈر دیا تھا۔ یہ تصویریں منجو کی سسرال والوں نے طلب کی تھیں۔

بیگم جو ابھی تک نئے مکان کو دیکھ کر بے حد مسرور تھیں یکایک سیریس ہو گئیں۔

پروفیسر صاحب قبلہ لوٹے تو خوب بنے ٹھنے تھے۔ ہمیں بک شلیف کے قریب کھڑا دیکھ کر ایک دم کھل اُٹھے کیسی لگی میری سلیکشن؟

"بہت اچھی" ہم نے جواب دیا تھا ظاہر ہے کہ آپ جیسے علم و ادب کے ایک کامیاب معلّم کے گھر میں اسی قسم کی کتابیں ہونا چاہئیں۔ آپ کا شوق قابل ستائش ہے۔ "ہم نے جان بوجھ کر عورت کے پورٹریٹ کا ذکر نہ کیا۔

"شکریہ شکریہ" پروفیسر صاحب واقعی بے حد خوش تھے۔

مگر یہ محترمہ؟ بیگم نے پوچھ ہی لیا۔

"ارے یہ ایک لمبی کہانی ہے بھابی صاحبہ" پروفیسر نے ایک دم جیسے بوکھلا کر کہا۔ ان کے چہرے کے رنگ یکایک بدلنے اور دیکھتے ہی دیکھتے کچھ ایسی عجیب و غریب

کیفیت طاری ہو گئی ان کے وجود پر گویا وہ ماضی کے کسی بہت ہی اہم مرحلے میں یکایک لوٹ گئے ہوں۔ اور ماضی کی کوئی بڑی ہی دکھ بھری یاد انھیں بے پناہ ذہنی کوفت بلکہ اذیت پہنچا رہی ہو۔ بیگم اب ایک دم چپ ہو گئیں تھیں۔ ان کی بہن کا پروفیسر یا کسی بھی غیر مرد سے کبھی اس قسم کا گہرا تعلق رہا تھا۔ یہ انھیں قطعی معلوم نہ تھا اور سب کچھ ایک دم جان لینے کے اشتیاق میں وہ یہ بھی بھول گئی تھیں کہ وہ ہمارے ساتھ مکان دیکھنے کے لیے آئی تھیں۔

پروفیسر جو ایک ٹک اس تصویر کو دیکھے جا رہا تھا اور ظاہر تھا کہ وہ اسی میں قطعی طور پر کھو گیا ہے۔ خاصے لمبے وقفے کے بعد جب ہماری طرف دیکھا تو اس کی آنکھیں نمناک تھیں۔ پھر دیکھتے ہی دیکھتے ان میں سے آنسوؤں کی دو مہین مہین ندیاں بھی بہہ نکلیں۔ کافی دیر اسی طرح حیران و ششدر سنجیدہ اور چپ رہنے کے بعد وہ جب گویا ہوئے تو ایسا لگ رہا تھا کہ وہ زبان سے نہیں دل کے کسی کونے سے کوئی پرانی بھولی بسری آواز نکالنے کی ناکام سعی کر رہے ہوں مگر کوشش کے باوجود بات زبان پر نہ آرہی ہو۔

"مرد کی آنکھوں میں آنسو، بے نا شرم کی بات؟"

ہم دونوں میں سے جب کوئی کچھ نہ بولا تو وہ پھر چپ ہو گیا۔

اب ہم لوگ صوفہ پر آ بیٹھے تھے۔ بڑی سیٹ پر ہم دونوں اور پروفیسر چندر پرکاش ہمارے بالمقابل رکھی صوفہ چیئر پر۔

ہمت اور حوصلہ جمع کر کے آخر ہم نے کہا۔ ہمیں افسوس ہے کہ ہم نے اَن جانے میں آپ کی کسی دکھتی رگ پر ہاتھ رکھ دیا۔ یقین جانیے ہمارا ایسا کوئی ارادہ نہ تھا۔

"یہ سکیشنی کی تصویر ہے سکیشنی جو میری ہم جماعت تھی۔" پروفیسر نے میری سعی معذرت کو قطعی نظر انداز کرتے ہوئے کہنا شروع کیا۔

"مگر یہ تو ..." بیگم نہ جانے کیا کہتے کہتے سنبھل گئیں۔

"ایک نوجوان عورت کی تصویر ہے۔" پروفیسر نے جیسے بیگم کا فقرہ مکمل کرتے ہوئے کہا۔ اِس بیچ ہم نے بیگم کو چپ رہنے کا اشارہ کر دیا تھا۔ خود بھی چپ رہنے ہی میں مصلحت سمجھتے ہوئے ہم نے پروفیسر کی طرف کچھ ایسے انداز سے دیکھا جس کا مطلب تھا۔ آپ جو کچھ کہنا چاہتے ہیں بلا ضرور کہیے۔ اس سے آپ کے دل کا بوجھ ہلکا ہو جائے گا۔

یہ بیس سال پرانی تصویر ہے بھابی مگر سکیشنی زندہ رہی ہوتی تو بھی میرا ایمان ہے کہ وہ آج بھی ایسی ہی لگتی کم ازکم اسے اسی طرح ایسے ہی بنائے رکھنے کے لیے میں اپنی جان تک دے سکتا تھا۔"

اتنا کہہ کر وہ کچھ دیر کے لیے رک گئے۔ ایک عجیب حزین سی مسکراہٹ ان کے چہرے پر یکایک نمودار ہوئی اور وہ پھر اداس ہو گئے۔ اس اداسی میں بے بسی بھی تھی اور شرمندگی بھی......

"کون مرتا ہے کسی کے لیے. کسی کے لیے جان دینے کا حوصلہ آج کس میں ہے مرنا بہت مشکل ہے شرما جی!" اب وہ ہماری طرف دیکھ رہے تھے۔"آج کل تو ماں بھی اپنے جوان بیٹے کے لیے نہیں مر سکتی۔ میں تو ایک...." وہ پھر رک گئے۔

"لیلیٰ مجنوں، شیریں فرہاد، ہیر رانجھا، رومیو جولیٹ پرانے قصے ہیں محبت کے کلاسکی عہد کی روایات. جانے وہ کیسے لوگ تھے، ہم تو شرما جی! بے حیا لوگ ہیں، بے حیا اور طوطا چشم، ہم میں سے کون کسی کے لیے مرتا ہے۔ میں سمجھتا تھا کہ ہم ایک دوسرے کے لیے جان تک دے سکتے ہیں وہ مر گئی۔ میرے سامنے میرے ہاتھوں میں. بوند بوند اس کی زندگی بہتی رہی اور میں محض ایک تماشائی کی طرح دیکھتا گیا۔ اس کے درد کی کیا شدت رہی ہوگی. موم کی طرح پل پل پگھلتی ہوئی بہتی ہوئی زندگی کے درد کا کون اندازہ کر سکتا ہے. مگر اپنے آخری لمحات میں بھی وہ اپنے آنچل سے میرے ہی آنسو پونچھتی رہی۔ جیسے میرے آنسو اس کے لیے اپنی موت سے بھی زیادہ تکلیف دہ ہوں. کبھی کبھی سوچتا ہوں کہ اس کے بجائے اگر کہیں میں مر گیا ہوتا تو وہ کیا کرتی۔ وہی جو میں نے کیا. نہ جانے مجھے کیوں کر یقین ہے کہ وہ میری طرح بے حیا نہ تھی۔ وہ میرے ساتھ ہی جان دے دیتی. ایک بار اس نے کہا تھا، "تم پر کاشس ہو میں تمہاری چھایا ہوں. تم ہو اسی سے میں ہوں، تمہارے بغیر میرا کوئی وجود نہیں...." گویا میری ذات ہی اس کی ہستی کا واحد سہارا تھی میں نہ رہتا تو وہ بھی نہ رہتی۔ عورت بہت مہان ہوتی ہے شرما جی۔ آدمی عورت کی دنیا ہوتا ہے مگر آدمی کی دنیا بہت لمبی چوڑی پھیلی ہوئی دھوپ چھاؤں ہے جس میں عورت ہے تو مگر سب کچھ نہیں۔ کچھ ہے تو بادلوں کے سایوں میں پنپنے والے رنگین شیریں خوابوں کی سی ایک مستی ہے، نہ جانے ایسا کیوں ہے نہ جانے یہ سب جانتے بوجھتے

ہوئے بھی لوگ کیوں محبت کرتے ہیں کیوں ایک ساتھ جینے مرنے کے جھوٹے وعدے کرتے ہیں۔ کیچڑ میں پڑے پڑے بھی ستاروں کی طرف جا تکتے رہنا آدمی کی پرانی عادت ہے۔ یہ عادت کبھی نہیں جائے گی۔ یہ چلی جائے تو زندگی کیسے چلے۔ یہ میٹھا سرسبز جھوٹ ہی تو زندگی کا سہارا ہے اسی پر تو یہ دنیا اور اس کے رشتے ناطے قائم ہیں...

"جھوٹ فریب کی یہ خوب صورت دنیا۔ . . ."

دیکھئے نا وہ نہیں ہے اور میں نے یہ گھر بنوایا ہے اسے خوبصورت اور آرام دہ بنانے کی ہر طرح پوری کوشش کی ہے۔ یہ کمرہ سجایا ہے یہ نیا فرنیچر، یہ قیمتی قالین، یہ کتابیں، یہ الماری، اس بات کی تو ضامن ہیں کہ میں زندہ ہوں اور اسی طرح زندہ رہنا چاہتا ہوں یہ آنسو جو میں اپنے محبوب کی یاد میں کبھی کبھی بہا دیتا ہوں میں سمجھتا ہوں یہ بھی جینے کا ایک حربہ ایک ڈھنگ ایک بہانہ ہے۔

اتنا کہہ کر وہ چپ ہو گئے، آنکھیں موند کر انھوں نے اپنا سارا جسم صوفہ چیئر کی بیک پر ڈھیلا چھوڑ دیا۔ . . . جب دیر تک وہ یوں ہی پڑے رہے تو ہمیں لگا کہ مصلحتاً ہی سہی کچھ نہ کچھ کہنا ہمارے لیے بھی ضروری ہے۔ مگر ہم نے جو کیا وہ بناوٹ نہ تھی ہمارے دل کی آواز تھی۔ "آپ نے اچھی صورت، صحت، جائداد اور آمدنی وغیرہ کے باوجود آج تک شادی نہ کی یہی کیا کم ہے۔ مرجانا میرے نزدیک اتنی بڑی قربانی نہیں جتنی درد کو اس طرح دل میں سموئے اور سمیٹے جیتے جانے میں ہے۔ میں سمجھتا ہوں اچھا ہی ہوا جو آپ نے کبھی شادی نہ کی۔ سکیشنی سے آپ کی شادی ہو گئی ہوتی تو آپ کے جذبۂ عشق میں یہ شدت نہ رہتی۔"

پروفیسر نے آنکھیں کھول کر حیرت سے ہم دونوں کی طرف دیکھا۔ "آپ کیا کہہ رہے ہیں سکیشنی تو میری بیوی تھی۔"

"تو آپ نے شادی بھی کی تھی۔" اب تو بیگم کی حیرت کی کوئی انتہا نہ رہی اور وہ بوکھلا سی گئیں۔ "سکیشنی میرے سکول کے ہیڈ ماسٹر کی چھوٹی بیٹی تھی۔"

ہم نے دیکھا کہ بیگم کے تنے ہوئے خد و خال قدرے ڈھیلے پڑے ہیں اور انھیں قدرے تسلی بھی ہوئی ہے۔ کیونکہ وہ تصویر والی لڑکی کی بڑی بہن تو ہو سکتی تھیں۔ مگر ان کے والد کسی اسکول کے ہیڈ ماسٹر وغیرہ نہ تھے۔ محکمہ جنگلات کے ایک بڑے افسر تھے

یہ تو اب ظاہر ہی تھا کہ پوری مشابہت کے باوجود تصویر والی لڑکی منجو نہ تھی، سکیشنی تھی۔ کون جانے، کہتے ہیں دنیا میں کوئی دو چہرے ایک جیسے نہیں ہوتے، سوا جڑواں بہنوں یا بھائیوں کے۔ مگر دنیا کو بنانے والے کے لیے کیا مشکل ہے۔ وہ سب کچھ کر سکتا ہے۔ ہو سکتا ہے ہماری منجو سکیشنی ہی کا دوسرا جنم ہو۔ ہو کیا سکتا ہے۔ ظاہر ہے کہ پروفیسر کو بتا دیا جائے کہ سکیشنی مری نہیں، زندہ ہے اور واقعی آج بھی اسی طرح لگتی ہے جیسے بیس سال پہلے لگتی تھی تو کیا ہو۔ وہ خوشی سے پاگل ہو جائے گا۔ ہو سکتا ہے کوئی ایسی حرکت کر بیٹھے جس سے منجو کا بنا بنایا سورگ جہنم بن جائے۔ مصلحت اسی میں ہے کہ چپ رہا جائے۔ یہ غم پروفیسر کا نجی اثاثہ ہے۔ گذری ہوئی وہ ساعتیں اب مٹی بن چکی ہیں اب اس مردہ مٹی میں دوسری قسم کی الجھنوں کے جھاڑ بو دیئے گئے تو انھیں لہو کی کھاد سے سینچنا ہوگا۔

"اچھا طالب علم ہونے کی وجہ سے میں ہیڈ ماسٹر کا چہیتا شاگرد تھا اور ان کے گھر میں میرا آنا جانا لگا ہی رہتا تھا کبھی ان کی کوئی فائل پہنچانے تو کبھی سکول کے مختلف امتحانات کے ریزلٹ ٹیبولیٹ کرنے میں ان کی مدد کے لیے۔ سکیشنی جس کا کوئی بھائی نہ تھا۔ تب مجھے دادا کہہ کر بلاتی تھی اور خدا گواہ ہے کہ تب میرے من میں بھی اس کے تئیں کوئی ایسا ویسا وچار نہ تھا وہ میرے گورو کی بیٹی تھی اور تقریباً میری ہی ہم عمر۔ اس کا احترام کرنا میں اپنا فرض سمجھتا تھا۔ کبھی کبھی پڑھائی میں بھی اس کی مدد کیا کرتا تھا۔ خاص کر حساب وغیرہ میں جس میں اسے کوئی دل چسپی نہ تھی پھر ایک روز اس نے کہا تھا: "حساب خالص مردانہ سبجیکٹ ہے۔ مجھے تو کسی طرح بس پاس کرنا ہے۔"

"آگے نہیں پڑھو گی؟" میں نے پوچھا تھا۔

"تم کہو گے تو پڑھوں گی ورنہ نہیں۔ مجھے نوکری ووکری تو کرنی نہیں پھر کیوں ان کتابوں سے ماتھا پچی کی جائے۔"

"میرے کہنے پر ہی کیوں پڑھو گی؟"

"لوگ کیوں پڑھتے ہیں؟"

اپنے پیروں پر کھڑا ہونے کے لیے۔

"نہیں سورج میں کھڑا ہونے کے لیے اس نے انگریزی کے مشہور محاورے

کا ترجمہ کرتے ہوئے کہا تھا۔ TO BE ABLE TO STAND IN THE SUN

"تمہیں سورج میں کھڑا ہونا پسند نہیں؟" میں نے پوچھا۔

سورج کی چھایا میرے لیے زیادہ سکھ دایک ہے۔ اپنے بل بوتے پر کھڑی ہونے کا نہ میرا کوئی ارادہ ہے نہ اس کی سکت ہی مجھ میں ہے۔ میں تو تمہاری چھایا میں جینا چاہتی ہوں یہی دیدی اور پاپا چاہتے ہیں۔"

کسی عام لڑکی کے لیے اس طرح کی بات کہہ سکنا کتنا مشکل ہے۔ سکیشنی کے لیے یہ بات اس طرح بغیر الجھے الجھائے کہہ دینا فطری تھا۔

پیار کا یہ پہلا انکر تھا جو بعد میں ایک وشال پیڑ بن گیا۔

کالج میں ہم لوگ اکٹھے داخل ہوئے تھے اور بی۔اے بھی ہم نے اکٹھے پاس کیا۔ میرے اصرار پر ایم۔اے میں بھی اس نے داخلہ لے لیا۔ ہم دونوں انگریزی زبان وادب کے طالب علم تھے اور گھنٹوں اپنے سبجیکٹ کے کسی ایک مضمون کو لے کر بحث ومباحثہ کیا کرتے تھے۔ سکیشنی بڑی ذہین لڑکی تھی اور مجھے اکثر لگتا تھا کہ وہ مجھ سے کہیں زیادہ جانتی ہے۔ اس کے والد انگریزی زبان کے ماہرین میں سے مانے جاتے تھے۔ اور یہ ظاہر تھا کہ ان کی قربت میں رہ کر سکیشنی کی علم اور لٹریچر سے کی واقفیت مجھ سے کہیں زیادہ تھی پھر بھی اس نے میرے برابر نمبر کبھی نہیں لیے تھے۔ یہ بعد میں معلوم ہوا کہ جان بوجھ کر وہ میرا مقابلہ نہ کرتی تھی۔ مبادا اس سے میری دل شکنی ہو۔

ایم۔اے کا آخری سال تھا۔ ایک دن وہ کالج نہ آئی دوسرے دن آئی تو مجھ سے ملے بغیر چپ چاپ چلی گئی۔ پھر اس کا آنا جانا اسی طرح رہنے لگا۔ کبھی آتی کبھی نہ آتی ایک دن میں نے اسے ڈانٹا تو وہ بچوں کی طرح بلک بلک کر رو پڑی میں نے پیار سے اس کا ماتھا سہلایا تو معلوم ہوا کہ اسے بخار ہے۔ ماتھا سلگتے ہوئے اپلے کے مانند گرم تھا۔ ظاہر تھا کہ وہ بہت بیمار تھی۔ بے ماں کی بچی کس کو بتاتی اپنے دکھ کی بات اسپرین کھانے سے بخار اتر جاتا تو کالج چلی آتی ورنہ گھر پڑی رہتی۔

چند ہی دنوں میں اس کی بیماری جیسے مشتہر ہو گئی۔ ڈاکٹروں نے بیماری کو ٹی بی کی فرسٹ سٹیج قرار دے دیا۔ آج کل تو ٹی بی کوئی ایسی خطرناک بیماری نہیں

رہی مگر تب یعنی آج سے بیس سال پہلے یہ موذی بیماری تقریباً مہلک مانی جاتی تھی. اور اس سے بچ جانا ایک معجزے سے کم نہ تھا۔ سننے میں آیا کہ اس کی ماں بھی اسی بیماری سے مری تھی۔

"تو کیا میں بھی مرجاؤں گی"۔ ایک بار اس نے ہسپتال کے بیڈ پر لیٹے لیٹے پوچھا تھا:

"نہیں تم کیوں مروگی۔ ابھی تو ہمیں شادی کرنا ہے۔ تمہیں میرے بچوں کی ماں بننا ہے"۔

"سب کچھ جانتے ہوئے بھی تم مجھ سے شادی کرلوگے"؟

"اصلی شادی تو ہماری کب کی ہوچکی ہے اب تو صرف گونا ہونا باقی ہے"

نہ جانے میرے اِن بظاہر معمولی الفاظ میں کیا جادو تھا کونسی دوا یا مرہم تھی کہ وہ دیکھتے ہی دیکھتے تندرست ہونا شروع ہوگئی۔ اور چند ہی دنوں میں گھر بھی لوٹ آئی . . . . بیماری کی وجہ سے اس کا فائنل نہ ہوسکا تھا۔ اور میں ایم . اے پاس کرکے اپنے ہی کالج میں لیکچرار بن گیا تھا۔ نوکری کے پہلے ہی سال گرمیوں کی چھٹیوں سے کوئی ہفتہ بھر پہلے خاندان کے ہر فرد کی مرضی کے خلاف میں نے سکیشنی سے بیاہ کرلیا اور پورے دو مہینے ہم رانی کھیت میں ہنی مون مناتے رہے۔

اتنا پیار کیا میں نے سکیشنی سے اور اتنا پیار دیا اُس نے مجھے کہ اِس ایک جنم میں تو کیا اگلے دس جنموں تک مجھے کسی دوسری عورت کے پیار کی ضرورت نہیں رہی۔ پھر ایک دن معلوم ہوا کہ سکیشنی ماں بننے والی ہے۔ یعنی میں باپ بننے والا تھا۔ ایسا لگ رہا تھا کہ میں دنیا میں پہلا باپ بننے والا تھا۔ سکیشنی جیسی اپسرا کے بچے کا باپ ہونا کوئی معمولی بات نہ تھی۔

"ہم نے کچھ جلدی تو نہیں کی"۔ ایک دن میں نے اس سے پوچھا۔

"جلدی کیسی پورا وقت ہی تو لے رہی ہوں۔ ویسے میں چاہتی ہوں کہ یہ سب جلدی ہوجائے تمہیں نہ ہو مگر مجھے جلدی ہے کون جانے"۔ شاید اسے سب کچھ معلوم تھا. . .

آپ مانیں گی نہیں بھابی مگر یہ واقعی سچ ہے کہ سکیشنی جیسی خوبصورت عورت میں نے آج تک نہیں دیکھی۔ آپ نے ابھی ابھی اس کی تصویر دیکھی ہے یقین

مانیے کہ تصویر میں بھی اگرچہ وہ بے پناہ حسین دکھائی دیتی ہے اور یہ تصویر بھی ایک بڑے اچھے فوٹوگرافر کا کارنامہ ہے مگر یہ بھی پورے طور سے میری سکیشنی کی تصویر نہیں، اس کا محض ایک عکس ہے ایک سایہ ہے۔ خدا کی اپنی ہاتھوں سے بنائی ہوئی اُس اپسرا اور کیمرہ کے محدود آرٹ کی اس تصویر میں زمین اور آسمان کا فرق ہے۔ اے کاش! اس کی تصویر بنانے والا کوئی روی ورما ہوتا، کوئی ڈاونچی، کوئی ریمبرانٹ، کوئی مائکل اینجلو ہوتا۔

سچ تو یہ ہے بھابی کہ اب مرجانے کو جی چاہتا ہے۔ چندرموہن جسے آپ لوگوں نے ابھی ابھی دیکھا ہے میرا دور کا رشتہ دار ہے۔ اس نے بھی سکیشنی کو دیکھ رکھا ہے سکیشنی کے بارے میں میرے دل کی دھڑکنیں سننے کے لیے وہ ہر وقت تیار رہتا ہے۔ محض اسی وجہ سے مجھے اسی کی قربت گوارا ہے ورنہ ؂

جی ڈھونڈھتا ہے پھر وہی فرصت کے رات دن
بیٹھے رہیں تصورِ جاناں کیے ہوئے

ظاہر تھا کہ بیگم کے ذہن میں ایک ساتھ سو سو سوالات اُبھر رہے تھے اور اُن کے دل و دماغ میں ایک طوفان بپا تھا۔ ہم نے انھیں اشارے سے منع کر دیا تھا ورنہ نہ جانے کیا ہوتا۔ وہ کیا کیا کہہ یا پوچھ بیٹھتیں۔ اچانک پروفیسر کے منہ سے نکل گیا بھابی آپ حیران ہوں گی مگر یہ واقعی سچ ہے کہ آپ کے اور میری مرحوم بیوی کے کچھ انگ، جیسے ماتھا، سر کے بال، بھویں، آنکھیں، ناک اور ہونٹ، اتنے ملتے جلتے ہیں ایک دوسرے کہ گمان ہوتا ہے کہ آپ دونوں سگی بہنیں ہیں۔

بیگم نے جواب نہیں دیا۔ پروفیسر اپنی سکیشنی کا راگ اسی رَو میں اور بھی نہ جانے کب تک الاپتا رہتا اگر اچانک ٹیلی فون کی گھنٹی کی آواز اُسے نہ روک لیتی۔

اُس نے ٹیلی فون اٹھا لیا۔ تار کے دوسرے سرے پر نہ جانے کون تھا مگر جو تھا اور جو بھی بات وہ کہہ رہا تھا پروفیسر کو غیر معمولی طور پر پریشان کیے جا رہی تھی۔ وہ بہت گھبرا گیا تھا اور بڑی مشکل سے اپنی حقیقت چھپا رہا تھا۔ دوسری طرف کے سوالوں کی بوچھاڑ کے جواب میں جو الفاظ اس کے منہ سے نکل رہے تھے اس بات کی نشانی تھے کہ ہم لوگوں سے وہ کچھ چھپانا چاہتا ہے۔ ان کی ہاں ہوں، سوری، ویری سوری

کے علاوہ بالآخر جو الفاظ ہماری سمجھ میں آئے وہ یہ تھے کہ چندر موہن گھر میں نہیں ہیں اور وہ ان کے آتے ہی وہ چیز لوٹا دیں گے جس کو لے کر اتنی جھک جھک ہو رہی تھی۔ آخر میں انھوں نے جھلا کر کہا: "آپ نے آدمی بھیج ہی دیا ہے تو پھر اس قدر چلا نے کی کیا ضرورت تھی؟"

ریسور ٹیلی فون کے آلے میں رکھ کر پروفیسر صاحب لوٹے تو بری طرح بوکھلائے ہوئے تھے۔ اپنا ذہنی توازن درست کرنے کی غرض سے انھوں نے سگریٹ سلگا لیا۔ کوئی دو تین منٹ تک وہ کچھ نہ بولے۔ نہ ہم دونوں میں سے ہی کچھ کہتے بن پڑا۔

ہم سوچ رہے تھے کہ پروفیسر ٹھیک کہہ رہا تھا۔ آدمی کا غم اس کا ذاتی سرمایہ ہوتا ہے۔ جسے وہ بانٹے بھی تو کیسے اور کن لوگوں میں۔ کون کسی دوسرے کا بوجھ اٹھاتا ہے۔

ادھر بیگم سوچ رہی تھیں۔ یہ عورت میری بہن نہیں ہو سکتی مگر دو صورتیں ایک دم ایک جیسی کیسے ہو سکتی ہیں۔ سکیشنی بیس سال پہلے مری تھی۔ منجو جو لگ بھگ اسی عمر کی ہے، ہو سکتا ہے سکیشنی ہی کی آتما ہو۔ مجھے پروفیسر کو بتا دینا چاہیے کہ ہو بہو اسی شکل کی ایک دوسری عورت بھی ہے۔ جو میری ہے پر بیاہتا ہے اور ایک عدد خوب صورت بچے کی ماں ہے . . . . . اگر یہ سن کر پروفیسر کے سر پر کوئی نیا جنون سوار ہو گیا تو کیا ہوگا۔ ظاہر ہے کہ وہ اپنی بیوی کو بہت پیار کرتا ہے۔ اس صورت کی ایک دوسری زندہ عورت دیکھ کر کون جانے اُسے کیا ہو جائے وہ پاگل بھی ہو سکتا ہے اور منجو کو سکیشنی سمجھ کر کوئی ایسی حرکت بھی کر سکتا ہے۔ جس سے منجو کی بنی بنائی گرہستی برباد ہو جائے۔ نہ بابا نا۔ چپ رہنے ہی میں مصلحت ہے اور یہ بھی طے ہے کہ یہ مکان چاہے کیسا بھی اچھا اور سستا ملتا ہو ہمیں یہاں آ کر نہیں رہنا، وہ ابھی ابھی کہہ رہا تھا کہ اسے میری صورت میں بھی اپنی مرحوم بیوی کے خد و خال دکھائی دیتے ہیں۔ نہ بابا نا۔ یہ ویسے ہی اتنے شکی مزاج ہیں۔ مجھے جان بوجھ کر اپنے گھر میں طوفان کھڑا نہیں کر لینا۔ کون سا ہم مکان خرید رہے ہیں، ہمیں کرایہ پر ہی تو لینا ہے۔ یہ نہیں اور سہی۔

بہ مشکل دس منٹ گذرے ہوں گے کہ باہر ایک سکوٹر آ کر رکا جس میں چندر موہن

صاحب کے علاوہ ایک دوسرے حضرت بھی تھے۔ ان لوگوں کو ایک نظر دیکھ کر پروفیسر گھر کے اندر چلا گیا۔

وہ لوگ جیسے ہی کمرے میں گھسے چندر موہن نے آگے بڑھ کر سیکشنی کی تصویر کو اٹھا لیا۔ "یہ رہی آپ کی امانت، داس صاحب بلاوجہ خفا ہو رہے تھے میں تو محض بھائی صاحب کو فریم دکھانے کے لیے لے آیا تھا۔"

نو وارد نے کہا "ابھی پرسوں ہی میں نے اِس تصویر کی درجن بھر کاپیاں نکالی ہیں۔ پھر ہماری طرف دیکھ کر وہ قدرے جھجکا۔

ارے شرما جی آپ! یہ آپ کی سالی ہی کی تصویر ہے۔ داس صاحب پریشان تھے کہ آج شام جب آپ تصویریں لینے آئیں گے تو وہ کیا جواب دیں گے۔ بدقسمتی سے نگیٹیو خراب ہو گیا ہے اور کاپیاں اب نکالی نہیں جاسکتیں۔

"ہم میں سے کسی نے کوئی جواب نہیں دیا۔ میں نے دیکھا کہ بیگم صاحبہ کا غصہ بھی کافور ہو گیا ہے۔ اور وہ بڑے لطیف انداز سے مسکرا رہی ہیں۔

"چندر موہن نے پوچھا مکان آپ کو کیسا لگا:"

جواب بیگم نے دیا "مکان تو ٹھیک ہے بھائی صاحب مگر اب صاحب خانہ کو اسے ہمیں اٹھاتے نہ بنے گا،" اتنا کہہ کر ہم باہر نکل آئے۔ راستے میں کافی دور تک چلتے رہنے کے بعد بیگم نے کہا چلو چھٹی ہوئی آپ کو اچھا خاصا پلاٹ مل گیا۔ پھر کچھ دیر رک کر بولیں وہ پرکاش اور چھایا والا مکالمہ آپ کو کیسا لگا:

"مکالے پر ہی کیا موقوف ساری کہانی بڑھیا تھی:"

وہ مکالمہ شرت چندر چٹرجی کی مشہور کہانی ،، پرکاش اور چھایا،، کا ہے۔

"ظاہر ہے کہ پروفیسر بہت پڑھتا ہے:"

"بیچارہ اکیلا آدمی۔

مراق

تنہائی کا تصور اور شیکسپیر!

بڑا دل چسپ لیکچر تھا۔

ڈاکٹر سراج الفاظ کا جادوگر ہے۔

مجھے تو لگتا ہے شیکسپیر کو حفظ کر رکھا ہے پروفیسر صاحب نے۔

کیا شاندار تقریر تھی۔

مگر کس قدر ڈراؤنی۔

اور پُراسرار۔

پُراثر بھی۔

الفاظ ہی سب کچھ نہیں ہوتے۔ انداز اور آواز کا بھی ایک جادو ہوتا ہے۔

بات تمہاری تنہا پسندی سے چلی تھی جو آج کل سارے کالج میں چرچا کا دِشے بنی ہوئی ہے اور جا پہونچی بے چارے شیکسپیر تک ————

شیکسپیر کو بے چارہ کہنا کفر ہے راددھا۔ اُس جیسا دانا آج تک پیدا نہیں ہوا۔

تُم جیسا بھی اِدھر کوئی نہیں۔ تم نے شاید غور نہیں کیا کہ کلیا رخاص طور پر لڑکیاں تمہیں کس طرح دیکھتی ہیں۔ کوئی تمہیں ہیملٹ کہتی ہے، تو کوئی اوتھیلو اور کوئی کِنگ لیئر۔ سبھی حیران ہیں کہ تم اِدھر اِس ویران گنبد میں پورے چھ مہینوں سے رہ رہے ہو اور تم نے ابھی تک جگہ بدلنے کی درخواست نہیں دی، جب کہ تم سے پہلے کوئی ہفتہ بھر بھی یہاں ٹک نہیں سکا۔

اور وہ وارڈن کا بچہ مجھے یہ کمرہ دیتے ہوئے بڑا احسان جتا رہا تھا۔ کہتا تھا تم نادر کے حق دار نہیں ہو۔ یہ ہوسٹل کے سینئر اور ذہین ترین اسٹوڈنٹ کے لیے ریزرو ہے۔ کیسی دل چسپ کہانی کہہ سنائی تھی اُس نے ————

مسٹر اگنی ہوتری والی کہانی؟

تم جانتی ہو وہ کہانی؟

اِدھر سبھی جانتے ہیں کہ یہ گول گنبد کبھی ٹھاکر جی کے مندر کے طور پر استعمال

ہوتا تھا اور محترمہ کو خاص طور پر عزیز تھا۔ وہ دن کا اکثر حصہ اسی میں گزارتی تھیں پھر ایک دن انھیں یہیں اپنے ٹھاکر جی کے چرنوں میں مُردہ پایا گیا۔ سُننے میں آیا ہے کہ اُن کی روح اِس شادہ کے قرب و جوار میں اکثر منڈلاتی دیکھی گئی ہے۔

بھگوان میں اکشر دھار رکھنے والی کسی بزرگ عورت کی روح آوارہ نہیں ہو سکتی ——— کوئی بھی روح آوارہ نہیں ہوتی ——— روحیں جیسے ہی ایک قالب چھوڑتی ہیں پہلے ہی تیار شدہ دوسرے میں پرویش کر جاتی ہیں، ایسا ہم ہندؤں کا وِشواس ہے ———

تم روح اور بھوت کے فرق کو تو مانتے ہونا۔؟

فرق کو تو مانتا ہوں مگر بھوت نام کی کوئی چیز ہوتی ہے یہ نہیں مانتا۔

اِسے اِدھر شریمتی اگنی ہوتری کی سمادھی کے نام سے بھی جانا جاتا ہے۔

یہ عمارت رام کرشن اگنی ہوتری نے اپنی ماں کی یادگار کے طور پر کالج کو بھینٹ کی تھی۔ اِس کی قبرستان جیسی تنہائی سے ڈر کر یا پھر واقعی کسی نیک جذبے کے زیرِ اثر ———

تمہاری جانکاری کی داد دینی پڑتی ہے۔

میں کالج کے پرنسپل کی بیٹی ہوں اور پچھلے تین سال سے یہاں کی اسٹوڈنٹ ہوں۔

●

"پورے پندرہ منٹ سے باہر کا دروازہ کھٹکھٹا رہی ہوں۔ میں نے سمجھا تم دوسرے دروازے سے کہیں باہر چلے گئے ہو" ———

"میں سو گیا تھا۔۔۔ ایک بار آنکھ لگ جائے تو پھر کوئی پائل کی جھنکار ہی مجھے جگا سکتی ہے۔ توپوں کی گونج نہیں ——— "

"میرا پورے پندرہ منٹ ایک تال سے اُس باہر والے دروازے کو تھپتھپائے جانا توپ کی گونج تھی یا پائل کی جھنکار ——— "

"سوتے سوتے بھی میں تمہارے ہی بارے میں سوچ رہا تھا، لہٰذا تم اِسے پائل کی جھنکار ہی سمجھ لو ——— "

"ارے چھت کا دوسرا دروازہ تو مقفل ہے ——— "

"یہ شروع ہی سے مقفل ہے ——— آنے جانے کے لیے بس یہی ایک راستہ ہے، اور میں اِس کو بھی اکثر بند رکھتا ہوں۔ بس ایک بار بند کر لو پھر یہ ساری خدائی تمہاری ہے ——— "

"یہ لمبی چوڑی چھت ——— یہ ویران سا گول گنبد۔ تمہیں ڈر نہیں لگتا؟

ڈر مجھے نہیں تمہیں لگنا چاہیے۔ ایک کنواری لڑکی کا اِس طرح ایک کنوارے نوجوان سے یوں ملنے آنا ظاہر ہے کہ اعتراض والی بات تو ہے ——— "

"میں آج پہلی بار تو نہیں آئی ——— "

"آج تم ایسے آئی ہو جیسے اکثر میرے خوابوں میں آیا جایا کرتی ہو ——"

"تم دن میں بھی خواب دیکھتے ہو ——"

"خواب دیکھنے کا سلیقہ آنا چاہیے، پھر دن کیا رات کیا —— جب سے تمہیں دیکھا ہے میرے خوابوں نے دن اور رات میں تمیز کرنا چھوڑ دیا ہے۔"

"خواب دیکھنے سے تو اچھا ہے کہ تم مجھے مستقل طور پر اپنے پاس رکھ لو۔"

"آج جو تم اس طرح نہا دھو کے اور اتنی سج دھج کر آئی ہو تو ظاہر ہے کہ یہ کہنے کے لیے نہیں آئی ہو کہ میں تمہیں مستقل طور پر اپنے پاس رکھ لوں، جب کہ تم ہی نہیں تمہارے پتا بھی جانتے ہیں کہ تم ان کے ہمدم دیرینہ مرحوم پنڈت بھدراجی نند کے اکلوتے بیٹے مدھوسودن دت کی منگیتر ہو، اور اس بیچارے نے تمہارے اس پھٹیچر کالج میں صرف تمہاری ہی وجہ سے ایڈمیشن لے رکھا ہے ——"

"آج ایک خاص بات بتانے آئی ہوں ——"

"تم، میرا مطلب ہے تمہاری اپنی ذات سے زیادہ خاص بات بھی کوئی ہو سکتی ہے ——؟"

"خاص بات یہ ہے مسٹر دت کہ شرمتی اگنی ہوتری اس گنبد میں مری نہ تھیں ماری گئی تھیں اور قاتل تھا ان کا اپنا اکلوتا بیٹا رام کرشن اگنی ہوتری یعنی اس کالج کی منتظمیہ کا صدر ——"

"یعنی ان کا خون کر دیا گیا تھا ——"

"نہیں زہر دے کر مار ڈالا گیا تھا —— شوہر کی موت کے بعد وہ ستی سادھوی. بڑھیا چند ایک ایسی نامراد اور ناقابل علاج بیماریوں کا شکار ہو گئی تھی کہ اس کا مر جانا ایک طرح سے نجات تھی ان موذی بیماریوں سے —— زہر تو ان کے بیٹے ہی نے لا کر دیا ہو گا، مگر کھایا انھوں نے خود اپنی مرضی سے تھا اپنے ٹھاکر جی کے پرساد میں ملا کر —— سیمتی بتا رہی تھی کہ اس کی دادی ماں کے مر جانے کے بعد اس کے پتاجی کبھی پلنگ پر نہیں سوئے —— اور ٹھاکر جی کی مورتی جو اب ان لوگوں نے اپنے شہر والے گھر میں استھاپت کر رکھی ہے ایک دم سیاہ پڑ گئی ہے۔ پیتل کی مورتی جسے ہر روز نہلایا دھلایا جائے کبھی کالی نہیں پڑتی مگر وہ مورتی ایک دم سیاہ ہے —— جیسے پیتل کی نہ ہو کسی کالے دھاتو کی ہو۔"

"مورتیاں کالی بھی تو ہوتی ہیں بلکہ اکثر مورتیاں کالی ہی ہوتی ہیں مدھوسودن خود بھی تو بڑے کالے تھے ——"

"کالے نہیں سانولے سلونے، میرے مدھوسودن جیسے ——"

"جتنے وہ کالے تھے رادھا اتنی ہی گوری تھی۔ میری رادھا جیسی ——"

"اپنی سہیلی کا راز تم نے اتنی جلدی افشا کر دیا ——"

میمسی غیر کو تھوڑے ہی بتلایا ہے اور تمہیں بھی اس لیے بتایا ہے کہ تم یہ گول گنبد چھوڑ دو کیوں کہ یمسی کی دادی کی بھٹکتی آتما کے بارے میں سنی سنائی باتیں اب میری سمجھ میں آنے لگی ہیں ——"

"تم سے ملنے اور ملتے رہنے کے لیے اس سے بہتر جگہ اس ہاسٹل میں دوسری کوئی ہو تو بتا دو ——"

"تو تم یہ گول گنبد نہیں چھوڑ دو گے ——؟"

"بالکل نہیں ——!"

●

اُس روز بڑی موسلا دھار بارش ہوئی تھی۔ مشہور ہے کہ دہ برود کی جھڑی پورے طور پر برس کر ہی دم لیتی ہے۔ گھٹے بلبوں والی وہ برکھا اور اماوس کی اندھی اندھیری رات —— گنبد کے آس پاس والی ساری چھت تالاب سی لگ رہی تھی —— اپنے گول کمرے کی دہلیز کے قریب آرام کرسی پر جا بیٹھا مدھو سودن سگریٹ پر سگریٹ پھونکے جا رہا تھا۔ سامنے تپائی پر رکھی ایش ٹرے اُس کی ادھ جلی سگریٹوں سے بھری جا رہی تھی۔ یادوں کا ایک کارواں تھا جو اُس کے ذہن کی گلیوں سے بکھر اس طرح سٹ کر گزر رہا تھا کہ ہزار کوششوں کے باوجود نیند نہ آ رہی تھی ——

بیٹے نے ماں کو مار ڈالا —— میں نے بھی تو —— مگر میری سچویشن —— سچویشن کوئی بھی ہو، کیسی بھی ہو تم انکار نہیں کر سکتے کہ تمہارا مقصد بھی —— وہ بیمار تھیں۔ کینسر کی مریضہ ویسے بھی مر جاتی —— تم نے ہی کیوں ——۔ آن کی تکلیف اُن کے لیے ناقابل برداشت تھی —— تیرے لیے بھی تو —— تم رہائی چاہتے تھے ماں کی دن رات کی تیمار داری سے اُنھیں بھی تو رہائی کی ضرورت تھی —— مجھ سے کہیں زیادہ —— تم رہائی دلانے والے کون ہوتے ہو —— موت اور جنم اُوپر والے کا ذمہ ہے —— یہ اُسی کا مشورہ تھا —— ہر قاتل یہی دلیل اپنا لے تو جرم و سزا کے مفہوم ہی بدل جائیں —— کتنی شانت تھی اُن کی موت —— میرے آنسوؤں کو اپنی ساڑی کے پلو سے پونچھتے ہوئے انھوں نے کس طرح میرا شکریہ ادا کیا تھا —— اُن کا نجات دہندہ —— اُن کا اپنا بیٹا —— دو شیشیاں ایک جیسی —— ایک میں زہر دوسری میں دوا —— دونوں کا رنگ ایک جیسا تھا —— زہر والی شیشی کو اُنھوں نے خود چنا تھا —— تم دونوں شیشیاں وہاں اُن کے سرہانے چھوڑ گئے تھے تاکہ ایک اثر نہ کرے تو دوسری —— بے الزام ہے —— یہ غلط ہے پیشینٹ کلنگ قتل کے زمرے میں نہیں آتی —— تو پھر کیوں بھاگ آیا تھا اپنے بزرگوں کی اس حویلی سے —— اُس کی ایک ایک اینٹ تجھے کھانے کو دوڑتی تھی —— کیوں کہ تم قاتل تھے۔ مجرم تھے —— اپنی

ممتی کے قاتل ______

چھپ چھپ۔ چھپ چھپ۔

کوئی پانی میں چل رہا ہے۔

کون؟ ______ شریمتی اگنی ہوتری کا بھوت ____ یہ تیری اپنی ماں کا بھوت بھی تو ہو سکتا ہے ____ میری ماں مہا آتما تھی ______ مجھے یقین ہے کہ دُور سورگ میں اپنے آبا کی حویلی میں بیٹھی بھی وہ میرا منگل ہی چاہتی ہوگی ______ ہر ماں اپنی اولاد کا بھلا چاہتی ہے ______ جیتے جی بھی اور مر کر بھی ____ مگر اولاد ____ دیوی ماں کے ناخلف بیٹے ____ لعنت ہے تیری ذات پر ____ تو قاتل ہے ____ اپنی ماں کا قاتل ______

چھپ۔ چھپ۔ چھپ۔ چھپ۔

یہ کون ہے بے وقت چل رہا ہے پانی میں۔

اُس نے اُٹھ کر دیکھنا چاہا مگر۔ کسی انجانے خوف نے اُسے کرسی سے باندھے رکھا۔ عین اُسی وقت سامنے کھڑکی میں ایک بھیگا ہوا کوّا آ بیٹھا۔ اُس نے ہاتھ کے اشارے سے اُسے اُڑا دینا چاہا۔ مگر کوّا اُڑا نہیں۔ وہیں جما رہا۔ اُسے لگا کوئی غیر معمولی غیبی طاقت اُسے جکڑے جا رہی ہے۔ ایش ٹرے میں پڑی جلی ادھ جلی سگریٹ کو ہاتھ میں لے کر اس نے کوے کی جانب اُچھال دیا، مگر وہ ٹس سے مس نہ ہوا۔ پھر اُس نے خالی ماچس کوے کو دے ماری۔ نشانہ چوکا نہیں ماچس کوے کی چونچ پر جا لگی مگر وہ برابر اُسی طرح جما رہا ______

بھوت کا کوئی وجود نہیں۔ بھوت کمزور دماغوں کا واہم ہے ____ وہم

تم اِس طرح کانپ کیوں رہے ہو ____ بڑے بہادر بنتے تھے۔

مجھے تنہائی چاہیے ____ اُدھر

اِدھر یہ کمبخت کوّا اور اُدھر دُور چھت پر پانی میں کوئی چل رہا ہے۔ چھپ چھپ۔ چھپ چھپ ____ کیا یہ سب۔ یہ منظر۔ یہ پُراسرار آواز میرا واہم ہے ____ مگر یہ کیسا واہم ہے۔ میں جاگ رہا ہوں کہ یہ محض کوئی ڈراؤنا سپنا ہے ____ اُس نے قریب ریک کے اُوپر رکھی طلسمی کہانیوں کی موٹی سی کتاب اُٹھا کر کوے کی طرف پھینکی۔ کوّا جھلّایا۔ اُس نے اپنے پَر پھڑ پھڑائے۔ پانی کی بوندیں اُس کے پروں سے اُڑ کر مدھوسودن کے منھ پر آ گریں ____ کوّا اپنی جگہ سے ہلا تو ضرور مگر پھر وہیں قریب ہی جم کر بیٹھ گیا۔ ______

یہ خواب نہیں حقیقت ہے۔ یہ سامنے کا منظر بھی اور باہر سے آتی چھپ چھپ کی آواز بھی۔ اب وہ واقعی ڈر گیا۔ زندگی میں شاید پہلی بار اُسے اِس

قدر خوف محسوس ہوا ـــــ پہلی بار نہیں، دوسری بار۔ پہلی بار تو وہ اس طرح تب ڈرا تھا جب اُس کی ماں مری تھی ـــــ جب تک اس کا داہ سنسکار نہ ہوگیا۔ اس کی دیہہ جل کر راکھ نہ ہوگئی وہ کبھی انجانے ڈر سے اِسی طرح خوف زدہ رہا تھا۔ مر جانے کے بعد بھی ماں اُسے حویلی میں گھومتی پھرتی دکھائی دیتی رہی تھی۔

اُس نے سوچا وہ مدد کے لیے چیخے۔ مگر آواز تو جیسے ـــــ بے شدھ سا ہو گیا اب وہ سامنے بیٹھے کوے کے اپنی طرف جھپٹنے کا اِنتظار کرنے لگا اُسے اب یقین تھا کہ کوا کوئی معمولی پرندہ نہ تھا۔ یم راج خود تھے۔

چھپ چھپ ـــ چھپ چھپ ـــ چھپ چھپ

پھر وہی آواز ـــ یہ کون ہو سکتا ہے۔ کوئی بھی ہو اب تک سامنے آجانا چاہیے ـــــ کم از کم اِس کوے سے تو ـــــ

اب پو پھٹ رہی تھی ـــ نور کا تڑکا ـــ ایسی ہی صبح تھی وہ جب اُس کی ماں نے اُس کی گود میں اپنے پران تیاگ دیے تھے ـــــ دور ہاسٹل میں کوئی منچلا لڑکا کے۔سی۔ڈے کا ریکارڈ بجا رہا تھا ـــــ

تیری موت کھڑی ہو سرہانے بستر
تیری بالیں پہ ہو جائے وہ جلوہ گر
تجھے دیکھ لے جی بھر کے ایک نظر

میں جا رہا ہوں رادھے۔ اے کاش مرنے سے پہلے تجھے ایک نظر دیکھ سکتا ـــــ میں تجھے سب کچھ بتا دیتا۔ مجھے یقین ہے کہ کم از کم تو مجھے مجرم نہ ٹھہراتی ـــــ

چھپ چھپ ـــ چھپ چھپ

اِدھر سامنے یم راج خود براجمان ہیں۔ میرے مقدر میں لکھی سانسوں کو گن رہے ہیں ـــ شاید کچھ پہلے ہی آ گئے ہیں ـــ اور اُدھر کوئی بھی ہو۔ تم آ بھی چکو ـــ ـــ وہ ایک بار پھر چلانے کی غرض سے چیخا، مگر آواز تو جیسے ـــ ـــ بالآخر اُس نے دیکھا کہ گیلے سفید لباس میں ملبوس کوئی اندر داخل ہوا اور دوڑ کر کھڑکی پر جھپٹا۔ آن کی آن میں نووارد نے کوے کو گردن سے پکڑ کر دونوں ہاتھوں سے مروڑ کر اُس کے قدموں میں پھینک دیا۔

نووارد رادھا تھی ـــــ وہ بے ہوش ہو کر کرسی پر لڑھک گیا۔

اِس مابین سارا ہاسٹل جاگ اُٹھا تھا۔ وارڈن کے علاوہ چند ایک لڑکے اور ایسے لیکچرار بھی جو ہاسٹل میں ہی رہتے تھے وہاں جمع ہوگئے۔ وارڈن کہہ رہا تھا ـــ "مجھے چوکیدار نے بتایا کہ تو گھبرائی ہوئی بھاگتی بھاگتی سیڑھیاں چڑھ کر اوپر ۔ ـــ ارے یہ کمبخت اندھا کوا اِدھر بھی آ مرا۔ ـــ اور یہ

حضرت ـــ۔۔ ـــــ"

مدھو سودن بے ہوش ہو گئے ہیں۔ ـــ ابھی ہوش میں آجائیں گے۔

"مگر بیٹا رانی تو اتنے صبح سویرے ؟ ـــ ایسی موسلا دھار بارش میں ؟ ـــ یوں ؟ ـــ اکیلی ــــ ؟ ــــ"

مجھے ابھی ابھی خواب آیا تھا کہ یہ خطرے میں ہیں ــــ مگر آپ کی یہ چھت پروفیسر صاحب، کتنے گڑھے ہیں اس میں۔ مجھے کوئی آدھا گھنٹہ لگ گیا ہوگا۔ بڑے دروازے سے یہاں تک پہونچنے میں ـــ اس کی مرمت ضروری ہوگئی ہے ــــــــ

ریاضی کے لکچرار نے بے جان کوے کو مدھو سودن کے قدموں میں پڑا دیکھ کر کہا۔ "اس کوے نے یہاں کس کس کو نہیں ڈرایا۔ کمبخت غالباً اندھا تھا یا کوئی بھٹکی ہوئی آتما ـــ جسے ہماری بہادر بیٹی نے نجات دلا دی۔ کیپٹیلٹ کلنگ ــــــــ

آخری لفظ پر مدھو سودن چونک کر اُٹھ بیٹھا۔ پھر جیسے نیند میں بول رہا ہو ـــ "کیپٹیلٹ کلنگ قتل نہیں ہوتا نارلدھا جی ــــــــ

سب کھلکھلا کر ہنس پڑے۔

بارش تھم گئی تھی۔

اُدھورا سا رشتہ

بڑا سمجھدار تھا تمہارے اس گھر کو بنانے والا۔ صُغرا جیسے ہی دونوں گھروں کی چھتوں کے درمیان والی منڈیر پر آکر بیٹھی۔ رام نے اُسے اپنے مضبوط بازوؤں میں بھر کر اپنی چھت پر اتار لیا۔ صُغرا کے گھر والی چھت رام کے گھر والی چھت کی نسبت اونچی تھی لہٰذا اس کی طرف اس منڈیر پر چڑھنا نسبتاً آسان تھا۔ پورے دو اور پانچ کی نسبت تھی۔ یعنی صُغرا کو چڑھنا ہوتا تو معاملہ دو ہی فٹ کا تھا مگر رام کو چڑھنا ہوتا تو بات پانچ فٹ بلکہ اس سے بھی کچھ زیادہ ہی کی تھی۔ صُغرا جس کا قد بمشکل پانچ فٹ ایک انچ تھا منڈیر سے سٹ کر اِدھر والی چھت پر کھڑے ہونے کی صورت میں دوسری طرف سے بالکل اوجھل ہوتی۔ یعنی اُسے بغیر کوشش کے دوسری طرف سے دیکھا نہ جا سکتا تھا۔

"میں مرد ہوں اس لیے میرا ہی تمہاری چھت پر اُترنا بنتا ہے۔"

"اُترنا اونچائی سے نیچے کی طرف لڑھکنے کو کہتے ہیں۔"

وہ مسکرا دیتا اگرچہ بات اس عاشقانہ پسِ منظر میں قہقہہ لگانے والی ہوتی مگر قہقہہ میں آواز ہوتی ہے اور آواز آدھی رات کے اس برفیلے سناٹے میں . . . . .

بھرابھر اگداز کنوارہ صغرا کا مہکتا بدن رام سنگھ کے بازوؤں میں آتے ہی بے وزن ہو جاتا اور وہ کئی کئی منٹ اُسے ایسے ہی اپنی چھت پر لیے لیے پھرتا گویا وہ کوئی بھرپور جوان چھوکری نہ ہو ہوا بھری ربڑ کی گڑیا ہو۔ سردیوں کی راتوں کے گونگے سناٹے اور دو ارماتوں بھرے نابالغ بچے۔

"نیچے اپنے بند کمرے میں لحاف میں پڑے پڑے میں سردی سے جیسے ٹھٹھری جا رہی تھی، مگر اِدھر اُوپر کھلے میں تمہارے ساتھ ——— تم تو جیسے ——— نجانے تمہارے بدن میں ——— مجھے ایک دم گرما دینے والا ایسا کون سا آلہ لگا ہے؟"

"ہمارا پیار کوئی معمولی چنگاری نہیں جانی بلکہ ایک الاؤ ہے جس کی تپش میں"

وہ اُسے چوم لیتا۔

پیارے پیارے معصوم بچے دو دو تین تین گھنٹے ایک دوسرے سے چمٹے یونہی بے سر پیر کی ہانکا کرتے۔ محبت کی باتیں کیسی ہوتی ہیں دونوں نہیں جانتے تھے۔ مگر انہیں کوئی بتانے والا ہوتا تو بتاتا کہ محبت کی باتیں دراصل ایسی ہی ہوتی ہیں اور محبت کسی منظم ساخت، ترتیب، آداب، ضابطہ یا شائستگی کی پابند نہیں ہوتی۔ جب دو دِل ایک دوسرے کے اتنے قریب ہوں کہ انہیں ایک دوسرے کی دھڑکنیں تک سنائی دینے لگیں تو کچھ کہنا یا سننا بے معنی ہو جاتا ہے۔ کسی بھی گہرے جذبے میں الفاظ اچھے بھلے آدمی کا ساتھ چھوڑ دیتے ہیں بھلے ہی وہ الفاظ کا سوداگر ہو۔ یہ بیچارے تو معصوم بچے تھے۔

"بھابی بتا رہی تھی کہ آج کل کے چھوکرے بڑے بدمعاش ہوتے ہیں۔ کہیں کوئی لڑکی ان کے ہاتھ لگ جائے تو اس کے کپڑے تک پھاڑ دیتے ہیں۔ ننگی کر دیتے ہیں۔"

"تم نے بھابی جان کو بتایا نہیں کہ میں اس قسم کا چھوکرا نہیں ہوں؟"

"وہ تو تم کو تم سے بھی زیادہ جانتی ہیں۔ وہ نہ ہوں تو میں تمہارے پاس اس طرح آ جا سکوں؟"

"تمہاری بھابی جان واقعی بہت اچھی ہیں۔"

"میری ہی کیوں۔ وہ تمہاری بھی تو ہیں۔"

"میری تو پہلے ہیں۔"

"میں جانتی ہوں ۔ تم اُن کی بڑی عزت کرتے ہو۔ وہ جنم کی ہندو ہیں، شاید اس لیے ـــــ خیر چھوڑو اور یہ بتاؤ کہ وہ دوسرے لڑکے ایسے کیوں ہوتے ہیں اور تم ویسے کیوں نہیں ہو؟"

"میں کوئی آج کل کا چھوکرا تھوڑے ہی ہوں۔ میں تو ماضی کے اُس دور کا سر دلر ہوں جانی جب بہادر لوگ جن کا سر مغرور اور سفاک حاکموں کے بالمقابل کبھی کبھی نہ جھکتا تھا۔ حُسن کے سامنے سر نگوں ہونے میں فخر محسوس کرتے تھے۔ شادی سے پہلے میں صرف تمہارے بدن کی اس کنواری خوشبو ہی کا حق دار ہوں۔"

"شادی کے بعد!"

"بعد کی بات اور ہے۔ تب تمہارے ہی نہیں، میں اپنے کپڑے بھی اُتار پھینکوں گا"

"یعنی ہماری شادی کے بعد تم بھی ـــــ بڑے بدمعاش ہو جی۔"

"بھابی سے پوچھ لینا۔ شادی کے بعد یہ سب ضروری ہوتا ہے۔"

"بھابی تم سے خفا ہیں!" دوسری رات بھی جب وہ اسی طرح ملے تو صُغرا نے کہا۔

"میں نے ایسا کیا کیا ہے؟"

"تم نے اُن سے کیوں کہا کہ اُن کے بال بہت سُندر ہیں ارے بُدھو جانتے نہیں ـــ بنگلہ میں بال، کسے کہتے ہیں؟"

بات قہقہہ لگانے والی تھی مگر قہقہہ بلند آواز نہ ہو تو بات نہیں بنتی اور آواز آدھی رات کے اِس بر فیلے سناٹے میں . . . . .

نیلوفر بھابی یعنی سابقہ مِس مالتی بھٹا چاریہ دل و جان سے چاہتی تھی کہ اُس کی چہیتی نند صغرا کی شادی رام سنگھ سے ہو۔ اس لڑکے کو اُس نے جتنی بار دیکھا تھا۔ اُتنی ہی بار اُس میں غیر معمولی خوبیاں پائی تھیں اور طے کر لیا تھا کہ وہ ان کی بھولی بھالی نند کے لیے ہر لحاظ سے یوگیہ ور ہے۔ چونکہ وہ خود بھی ہندو نژاد تھیں لٰہذا اپنے سنسکاروں کے زیرِ اثر قطعی نظر انداز کیے بیٹھی تھیں کہ صغرا مسلمان بچی ہے اور رام سنگھ ایک ہندو گھرانے کا چشم و چراغ ہے۔ دونوں میں پیار کا بیج بھی بھابی ہی نے بویا تھا۔ اسی کے مشورے پر رام نے صغرا کو پڑھانا شروع کیا۔ جب اُسے یقین ہو گیا کہ دونوں

ایک دوسرے کو دل و جان سے چاہنے لگے ہیں اور یہ تعلق اب محض استاد شاگرد ہی نہیں رہا تو وہ کھلے ہندوں ان کے پیار کی حمایت میں جٹ گئیں ۔جب کبھی مناسب موقعہ ملتا رام کی تعریفوں کے پل باندھ دیتیں "اے کاش یہ لڑکا مسلمان ہوتا. اپنا ہم مذہب ہوتا۔"

اس قسم کے جملے بڑی اماں راشدہ بیگم اور چھوٹی ماں آمنہ بیگم کے سامنے وہ درجنوں بار دہرا چکی تھیں ۔ دلاور خاں کے علاوہ جس کے سامنے اس قسم کی کوئی بات گھر کا کوئی فرد نہ کر سکتا تھا۔خاندان کے باقی سارے افراد نیلوفر سے متفق تھے ۔

صغرا اور رام، ایک آدرش جوڑے کے طور پہ اکثر گھر میں گفتگو کا موضوع بن جاتے ۔ محبت کا یہ کھیل جو بچپن میں شروع ہوا تھا۔ اب ایک تناور پیڑ بن چکا تھا. اور دو کچی کونپلیں اب اپنی بھرپور جوانی کی خوشبوؤں اور رنگینیوں سے شرابور ہو چلی تھیں ۔ دھیرے دھیرے ایسا ماحول بن گیا کہ دلاور خان کے علاوہ گھر کے دوسرے افراد بھی نیلوفر بھابی کے ہم خیال ہو گئے ۔

ایک دن نیلوفر نے رام کو بتایا "ابا کے لیے میں آج بھی مالتی بھٹاچاریہ ہوں تین غازی جن کر میں نے اسلام سے اپنی وفاداری کا ثبوت نہ دے دیا ہوتا تو شاید آج کل اِس فضا میں یہ لوگ مجھے کافرہ یعنی ہندو زادی کہہ کر گھر سے بے دخل کر دیتے ۔ عالم مجھ سے پیار کرتا ہے. مگر وہ میرا شوہر بعد میں ہے اپنے باپ کا بیٹا پہلے اس کی کیا مجال جو باپ کے سامنے سر اٹھا کر بات بھی کر سکے . سرجی لفظ کے اصلی معنوں میں راجپوت سردار ہیں. مسلمان راجپوت دوسرے مسلمانوں سے کہیں زیادہ کٹر ہوتے ہیں. ان کی جڑیں راجپوتانہ کی اُس دھرتی میں گڑی ہیں جو کبھی ہندو راجپوتوں کی ملکیت تھی اور ان کے پرکھے بھی کبھی ہندو راجپوت سردار ہی تھے ۔"

رام نے جب جاننا چاہا کہ یہ جانتے ہوئے بھی کہ وہ ہندو لڑکی ہے دلاور خان نے انھیں بہو کے طور پر قبول کیسے کر لیا تو وہ تقریباً رو دی ۔

"مصلحت بڑی چیز ہوتی ہے رام . بڑے سے بڑا آدمی مصلحت کا شکار ہو جاتا ہے. تمہارے عالم بھائی میرے والد کے ماتحت تھے ۔ وہ بہت اچھے آدمی ہیں ۔ اور ہماری شادی کی وجہ بھی ہمارا ایک دوسرے کے لیے پیار ہی تھا مگر میرے اس

گھر میں قبول لے جانے کی وجہ ہمارا پیار نہ تھا میرے بابا کا رتبہ اور اُن کا وہ رسوخ تھا جس کی وجہ سے عالم آرہ اِس سارے علاقے میں اُسی چائے کمپنی کے واحد مسٹری بیوٹر ہیں۔ جس میں کبھی ایک معمولی سی ملازمت کرتے تھے۔ اِس گھر کی بے پناہ خوشحالی کی وجہ سے ابا جان کی بڑی نوکری نہیں تمہارے عالم بھیّا کا کاروبار ہے۔

"پھر بھی بھابی کبھی کبھی تو یہ لوگ !"

"یہ سوال پہلے بھی ابا کے کسی لنگوٹیے نے اٹھایا تھا۔ جانتے ہو اُنھوں نے کیا جواب دیا تھا؟"

"یقیناً کوئی شرمناک بات :"

"ہندو کی لڑکی گھر میں ڈال لی ہے۔ ہندو کو لڑکی دی تو نہیں بہ

"واقعی بڑے شرم کی بات ہے :"

"ہے نہ رام۔ میں بھی لجّا سے پانی پانی ہوگئی تھی۔ مگر کیا کرتی۔ دِل سے مجبور تھی اور پتنی کے علاوہ ایک ماں بھی تھی :"

"نفرت کی یہ آگ جو کہیں شعلوں کی طرح نمایاں ہے تو کہیں اپلوں میں چھپی چنگاریوں کی طرح سُلگ رہی ہے نجانے ہمیں کہاں لے جائے گی ؟"

"میں تمہارا کرب سمجھتی ہوں بھیّا۔ میں جانتی ہوں کہ تمہارا پیار سچا اور پوتر ہے اور سچے پریمی بھگوان کو بڑے پیارے ہوتے ہیں :"

اس دن رام کی دکان پر خاصی اچھی بکری ہوئی تھی۔ دیر تک گاہک بیٹھے سامان بندھواتے رہے تھے۔ رام نے دکان بند کی تو ساڑھے آٹھ بج رہے تھے۔ دن بھر کے کام سے فارغ ہوکر وہ خراماں خراماں گھر لوٹ رہا تھا کہ اُسے اچانک یاد آگیا کہ اس شام تو اظہار بھائی کے ہاں دعوت تھی۔ جس میں اُسے خاص طور پر بُلایا گیا تھا وہاں رشید بھی ہوگا اور . . . . صغرا بھی۔

عید کے متبرک دن ساجدہ بھابی جیسی سوّیاں کوئی نہیں بناتا۔ سویّوں والی اس عید کے تہوار پر وہ تب سے اظہار اور ساجدہ کا مہمان تھا جب سے ان کی شادی ہوئی تھی۔ اُس نے اپنے گھر جانے والا راستہ چھوڑ دیا اور نو بجتے بجتے قاضی محلہ پہنچ گیا۔

جیسے ہی اس نے دروازے پر دستک دی کواڑ کُھل گئے۔ کھولنے والا خود اظہار

تھا۔ مگر گھر کے اندر داخل ہوتے ہی اُسے لگا کہ ماحول کچھ بدلا بدلا سا ہے۔ لوگ جو پہلے ہی سے وہاں بیٹھے تھے اسے دیکھ کر اب ہکا بکا سے رہ گئے تھے۔ کسی نے آگے بڑھ کر نہ اس کو خوش آمدید کہا نہ سلام دُعا ہی بلائی۔ باہر کھڑے کھڑے اس نے ان لوگوں کو بلند آواز میں چہکتے اور خوشیاں مناتے سُنا تھا۔ پھر یہ ایکا ایک کیا ہو گیا۔ یہ بھلے لوگ اچانک پتھرا سے کیوں گئے ہیں۔ اس کے سامنے صغرا کھڑی تھی صغرا اس کی اپنی صغرا۔ باقی کے بھی سب اس کے اپنے ہی لوگ تھے۔ کوئی بھی نیا یا غیر مانوس چہرہ نہ تھا۔ سب کے سب جانے پہچانے لوگ تھے۔

دلاور خاں صاحب، عالم خاں اور رشید، بڑی اماں راشدہ بیگم، چھوٹی اماں آمنہ بیگم، نیلوفر اور ساجدہ، اُس نے تصویر کو پہچاننے کی دوبارہ کوشش کی۔ وہی پرانی جانی پہچانی تصویر۔ آنکھوں کا اجنبی پن جو پہلی نظر میں اُسے بھی کسی قدر بوکھلا گیا تھا۔ دھیرے دھیرے دوستانہ مسکراہٹوں میں بدلنے لگا۔ اب اُسے ہر آنکھ میں وہی پہلے والی دوستی نظر آنے لگی۔ اس نے یہ تصویر کئی بار دیکھی تھی۔ اور اس کے خدوخال سے وہ پورے طور پر مانوس تھا۔

اب ہر کوئی سنبھل گیا تھا وہ خود بھی۔ ہر آنکھ کی سختی پگھل کر نرم و تر ہو گئی تھی اور پتھر کے بے جان مجسمے پھر سے جاندار ہو گئے تھے۔

اس غیر مواقف منظر کو موافق بننے میں کتنی دیر لگی وہ ابھی اندازہ بھی نہ کر پایا تھا کہ رشید نے آگے بڑھ کر اُسے سینے سے لگا لیا۔ چھوٹی اماں آمنہ بیگم نے بھی آگے بڑھ کر اس کی بلائیں اُتاریں۔

ساجدہ نے بڑے فخر سے اُٹھ کر اپنے شوہر کو جھنجھوڑتے ہوئے کہا "لاؤ میری شرط کے روپے"

اظہار نے دس دس کے پانچ نوٹ بیوی کی ہتھیلی پر رکھتے ہوئے کہا" اللہ قسم سجدے آج یہ شرط ہارنے میں جو خوشی اور اطمینان مجھے محسوس ہو رہا ہے وہ شرط جیتنے میں کبھی نہ ملتا۔ جب تمہارا اپنا بھائی اور گورچرن بھی نہ پہنچ سکے تو میں یہ سوچنے میں حق بجانب تھا کہ رام بھی نہ آسکے گا۔ شہر میں اِتنی [illegible] ہے کہ دِن کے وقت بھی ہندو مسلمانوں اور مسلمان ہندوؤں کے محلوں میں جانے سے کتراتے ہیں۔ تمہاری

ضد کہ اگر اس نے وعدہ کیا ہے تو ضرور آئے گا۔ ہر صورت میں آئے گا۔ سچ مچ بڑی خوبصورت تھی۔"

"مجھے یقین تھا اور تم جانتے ہو یقین بڑی چیز ہوتی ہے۔" یہ کہہ کر ساجدہ نے روپے جوں کے توں آدھے آدھے صغرا اور نیلوفر کی جھولیوں میں ڈال دیئے۔" میں دس رکھ لیتی ہوں۔ بیس بیس تم رکھ لو" پھر سب کی طرف مڑ کر بولی۔" مجھ سے بھی زیادہ صغرا اور نیلوفر بھابی کو یقین تھا کہ رام بھائی ضرور تشریف لائیں گے۔"

اب دلاور خاں نے بھی خفت مٹانے کے لیے آگے بڑھ کر رام کے سر پہ شفقت سے ہاتھ پھیرا۔"راجپوت ہو کر میں راجپوتی وچن کی اہمیت بھول گیا تھا بیٹے۔ اللہ تمہیں لمبی عمر دے۔"

چند ہی لمحوں میں اچھے لوگوں کی وہ محفل پھر بہکنے چہکنے لگی۔ ساجدہ ایک بڑی سی طشتری میں سویاں پروس لائی۔ جنھیں سب سے پہلے اظہار نے خود چکھا۔ پھر رشید نے اور پھر رام نے اور بعد میں تینوں نے مل کر۔

جانتی ہو دادی ماں"، رام نے راشدہ بیگم سے مخاطب ہوتے ہوئے کہا۔" ان لوگوں نے مجھے جوٹھی سویاں کیوں کھلائیں۔ اس لیے کہ میں شک نہ کروں۔" پھر رشید ۔ مخاطب ہوتے ہوئے بولا۔" تیرے ہاتھ سے زہر بھی پی لوں گا۔ پیار سے تو اثر نہیں ہوگا۔ تو میرا دوست ہے اور دوست۔ بھگوان قسم۔"

"اس کا گلا رُندھ گیا۔ جذبہ گہرا ہو تو الفاظ کہاں ساتھ دیتے ہیں۔

سب کی آنکھوں میں موتی تیرنے لگے۔ راشدہ بیگم اور دلاور خاں صاحب کی آنکھیں بھی نمناک ہوگئیں۔

جب سب لوگ کھا پی چکے اور ہنسی مذاق کا دور شروع ہو گیا تو گھر کے بزرگ یعنی رشید کے ابو امی اور دادی ماں جوانوں کی محفل چھوڑ کر اندر چلے گئے۔

کچھ دیر بعد وہ باتھ روم میں گیا تو اس نے سنا کہ بڑی اماں اپنے بیٹے اور بہو سے محوِ گفتگو ہیں۔ اپنا نام سُن کر وہ ٹھٹھک گیا۔

اماں کہہ رہی تھیں۔" ہائے اللہ کتنا پیارا بچہ ہے۔ مجھے تو دکھ ہوتا ہے یہ سوچ کر کہ کمبخت کافر ہے اور دوزخ کو جائے گا۔ میرا بس ہوتا تو کلمہ پڑھا کر اسے بچا

مومن بنادیتی اور عاقبت سُدھر جاتی غریب کی۔"

آمنہ بیگم فرما رہی تھیں "انھیں سمجھاؤ نہ اماں۔ ہم بیٹی والے ہیں۔ رسول کی خدمت کا اس سے بڑھیا موقعہ پھر کب ملے گا۔ میں ہوں تو عمر کی تم دونوں سے چھوٹی مگر دنیا کا کچھ میں نے بھی دیکھا ہے۔ میں وثوق سے کہہ سکتی ہوں کہ ہماری صغرا رام پر جان چھڑکتی ہے۔ اور یہ محض اُستاد شاگرد کا رشتہ نہیں۔ بہت ہی گہرے قسم کا لگاؤ ہے۔ حیادلر مسلمان بچی ہے اسی لیے چپ ہے۔"

دلاور خاں بولے "آپ ٹھیک فرماتی ہیں بیگم اور اماں جی آپ سے بھی میں سوفیصد متفق ہوں۔ مگر ابھی آج کے موجودہ حالات میں یہ قطعی ممکن نہیں ہے۔ اب چند ہی دنوں کی تو بات ہے۔ بٹوارہ ہوا نہیں کہ ــــ پھر کون جائے گا یہاں سے۔ تم دونوں دیکھ لینا۔ اِدھر کے سب ہندو مسلمان اُدھر کے سب مسلمان ہندو ہو جائیں گے۔"

بڑی اماں نے آہ بھر کر کہا۔ کیسے برے دن آ گئے ہیں۔ انسان کی جان کی تو کوئی قیمت ہی نہ رہی۔ مجھے تو ڈر لگتا ہے بیٹے کہ کہیں اور خون خرابہ نہ ہو۔ اس سے تو یہی بہتر ہو گا۔ جانے مجھے ابھی اور کیا کچھ دیکھنا ہے۔ وعدہ کرو دلاور بیٹے کہ اگر واقعی ایسا ہوا تو رام کے اسلام قبول کرتے ہی تم اِسے اپنی فرزندگی میں لے لوگے۔"

دلاور خاں کا جواب سُنے بغیر وہ وہاں سے ہٹ گیا اور چپ چاپ بیٹھک میں لوٹ آیا۔ بزرگوں کی باتیں سن لینے کے بعد اب وہ مسلمانوں کے کنبہ کی نوجوان پیڑھی کی باتیں سن رہا تھا۔ کتنا فرق تھا دونوں کے لہجوں اور سوچنے کے انداز میں تین نوجوان مرد اور تین جوان عورتیں۔ تین نہیں دو۔ میری صغرا کو ئی عورت تھوڑے ہی ہے۔

خوشی کا موقعہ ہو تو ہم عمر لوگوں کی باتوں کا سلسلہ بغیر کسی مخصوص موضوع کے بھی جلدی نہیں ٹوٹتا۔ وہ لوگ باتیں کر رہے تھے۔ قصے کہانیاں سنا رہے تھے اور وہ سوچ رہا تھا۔

"صغرا کو پانا کتنا آسان ہے۔ میں آج مسلمان ہو جاؤں تو وہ مجھے آج ہی مل سکتی ہے۔ ابو کو بھی صرف میرے مذہب پر اعتراض ہے۔ مجھے وہ بھی پسند کرتے ہیں۔ یہ سب لوگ، بڑے چھوٹے میرے دوست ہیں فرق صرف اتنا ہے کہ جوان پیڑھی مجھے

ایسے ہی قبول کرنے کو تیار ہے اور بزرگ لوگ تھوڑی قربانی چاہتے ہیں۔ ۔ ۔
آج جو قربانی ہے ۔ کل یہی مجبوری بھی بن سکتی ہے۔"

"تم چپ چاپ کیوں ہو۔ اندر سے ضرور کچھ سن کر آئے ہو۔"

"نہیں ایسی کوئی بات نہیں۔" پھر اس نے ساجدہ نیلوفر اور صغرا سے مخاطب ہوتے ہوئے پوچھا "تم لوگوں کی شادی ہوتے ہی تم لوگوں کا نام بدل جاتا ہے۔ ذات بدل جاتی ہے ۔ دھرم بدل جاتا ہے۔ یہ تمہیں کیسا لگتا ہے؟"

رام کے اس سوال نے بات چیت کا رخ بدل دیا۔ سارا ماحول بدل گیا۔

"یہ یگوں پرانی ریت ہے بھیا" نیلوفر بھابی نے فرمایا۔ "مگر کسی یگ میں بھی یہ عورت کی پرابلم نہیں رہی۔ مگر میں پوچھتی ہوں ایسا کیوں ہے، ہندو کیوں نہیں رہی۔ جب میں نے عالم سے شادی کی تھی تو میرا ایمان تھا کہ میری انفرادیت، میری ذات، میری شخصیت کا بھی کچھ مطلب ہے۔ میں حیران ہوں کہ اس قسم کے سوالات اب میرے ذہن میں کبھی نہیں اٹھتے۔"

ساجدہ بولی "میرے ذہن میں یہ سوال روز اٹھتا ہے۔ نام اور دھرم تو میرا بھی بدلا ہے مگر مجھے بھی یقین ہے کہ تمہارے یہ ڈاکٹر بھائی، سید اظہار الحسن رضوی صاحب حق خود ارادیت کے بڑے آپاسک ہیں۔ ڈاکٹر ہیں لہٰذا جانتے ہیں کہ ہندو مسلمان اور عیسائی کے خون کا ایک ہی رنگ ہوتا ہے۔ میں ان کی پرستار اور یہ بھی مجھ سے پیار کرتے ہیں۔ اور میرے صلیب پہنے رہنے میں کوئی برائی نہیں دیکھتے۔" اور انہوں نے اپنی چھاتی کی اٹھانوں کے درمیان سے سونے کی زنجیر کھینچ کر دکھائی جو وہ ہر وقت پہنے رہتی تھیں مگر گھر میں اظہار بھائی کے سوا شاید کوئی بھی نہ جانتا تھا کہ وہ کراس پہنے رہتی ہیں! میں جب کبھی اپنے ننھے کو پیٹر محمود کہہ کر بلاتی ہوں تو لوگ جو جانتے ہیں کہ میں ایک عیسائی لڑکی ہوں جس نے ایک مسلمان سے بیاہ کیا ہے، مسکرا دیتے ہیں۔ وہ اسے مذاق سمجھتے ہیں مگر خدا گواہ ہے کہ میرے تئیں میرے بیٹے کا یہی نام ہے۔ ہمارے سارے بیٹے بیٹیوں کے بھی اسی قسم کے نام ہونے چاہیے تھے مگر نہ جانے ایسے کیوں نہیں ہوا۔"

اس رات وہ کافی دیر سے گھر پہنچا۔ وہ لوگ اسے باہر محلے کی نکڑ تک چھوڑنے

آئے تھے۔ گھر پہنچتے ہی وہ بستر میں گھس گیا۔ گھر والوں نے سمجھا کہ وہ تھک کر سو گیا ہے مگر نیند آج رات نہ جانے کہاں غائب ہو گئی تھی۔ وہ دیر تک کروٹیں بدلتا اور سوچتا رہا۔ اس نے عشق بھی کیا تو کہاں۔ مگر کون نئی بات کی تھی اُس نے عشق تو ہوتا ہی غلط جگہ پر ہے یہی تو اُس کی روایت ہے۔

میں کوئی ایسا کٹر قسم کا مذہب پرست نہیں ہوں۔ کبھی مندر نہیں جاتا کبھی کسی پوجا پاٹھ یا یگیہ وغیرہ میں شامل نہیں ہوتا ہندو دھرم کا ایک بھی منتر مجھے نہیں آتا۔ سب ٹھیک ہے مگر اس میں کیا تُک ہے کہ میں محض اس لیے مسلمان بنا دیا جاؤں کیوں کہ مجھے صغرا سے عشق ہے اور صغرا مسلمان ہے۔ آدمی عورت کی طرح اپنا نام نہیں بدلتا اور عورت بھی صرف نام ہی بدلتی ہے دوسرا کچھ نہیں۔

ابو، ماں، بڑی اماں، نیلوفر بھابی، ساجدہ بھابی۔ عالم، اظہار اور رشید سب میرے خیر خواہ ہیں۔ میرا بھلا چاہتے ہیں۔ اور صغرا میری صغرا۔ میری اپنی۔ میری۔ میری۔ سوچتے سوچتے جب اُس کا دماغ شل ہو گیا تو وہ صغرا کو اپنے ساتھ چپٹا کر سو گیا۔